나의
15
초

이메일 vegabooks@naver.com   **홈페이지** www.vegabooks.co.kr
블로그 http://blog.naver.com/vegabooks
인스타그램 @vegabooks   **페이스북** @VegaBooksCo

나의 15초

서원정 지음

THANK YOU

NICE~!

5,000만 팔로워 틱톡커
원정맨이 재미있게 사는 법

베가북스
VegaBooks

내 인생은
15초 만에 바뀌었다

나는 어떤 사람일까. 2022년을 그저 부지런히 살아오며 누군가의 곁을 스치듯 지나친 평범한 청년이기도 하고, 동시에 5,000만 명이라는 어마무시한 팔로워 수를 가진 틱톡커로서 뜻밖의 유명세를 장착한 숏폼 크리에이터이기도 하다. 누군가에게는 노래 부르는 걸 즐기는 소탈한 친구고, 누군가에게는 컬래버레이션하고 싶은 화제의 인물일 수도 있다. 그렇게 청년 서원정과 틱톡커 원정맨 사이에는 제법 먼 거리가 느껴진다.

사실 뭔가 대단한 점은 없다. 누구 못지않게 성실히 전력 질주하듯 살아왔다고 자부하지만, 그 역시 어떤 이의 눈에는 그저 평탄하고 당연한 일상처럼 보일 수 있다. 그런데 언젠가부터 1996년 대구 변두리에서 태어나 지금은 서울 한 켠에서 일하며 살아가는 내게 많은 사람이 질문을 던지기 시작했다. 어떤 사람이냐고, 어떻게 그런 성공을 거뒀냐고. 솔직히 말하면 스스로 엄청나게 성공했다고 생각해본 적이 나는 아직 없는데….

• • •

사람들이 궁금해하는 이야기부터 해야 할 것 같다. 내가 어떻게 틱톡(TikTok) 크리에이터—틱톡커가 됐는지를 묻는 이들이 생각보다 많으니까. 2020년 여름까지 나는 그야말로 흔한 대학생이었다. 동아방송예술대학교 음향제작과에 다니고 있었고, 보통의 졸업반 학생들과 다름없이 취업에 대한 막연한 걱정과 은근한 기대를 섞어가며 하루하루를 보냈다. 코로나19 팬데믹 탓에 많은 것을 할 수 없었던 대학 시절이 이대로 흘러가는 것이 조금 아쉬울 뿐이었다. 4학년 2학기에 접어든 나는 마지막 대학 생활을 조금이라도 더 재미있게 보내고 싶었다.

그러다가 우연히 즐겨보던 유튜브 채널 〈이십세들〉에서 틱톡을 같이 시작해볼 서포터스 100명을 모집한다는 소식을 접했다. 해당 채널을 좋아하기도 했지만, 새롭고 다양한 분야에서 활동하는 친구를 100명이나 만날 수 있다니 심장이 급하게 뛰었다. 지원하자마자 곧장 합격 통보가 날아왔다. 그런데 막상 시작은 했지만, 코로나19 바이러스가 더욱 기승을 부리던 탓에 단 한 사람도 오프라인에선 만날 수 없었다. 그저 온라인 플랫폼 틱톡을 통해 서포터스 활동으로 마주해야 했다. 그러면서 나 역시 서포터스 활동의 일환으로 영상을 만들었다. 주어진 주제가 있긴 했지만, 왠지 스스로 주제를 잡아 만들면 더 잘할 수 있을 것 같다는 생각이 들었다. 그렇게 2020년 10월 19일 처음으로 틱톡을 시작했다.

처음 영상을 만들 때 큰 기대는 없었다. 내 영상을 누가 얼마나 봐줄까? 막연한 마음으로 시작했는데 웬걸, 첫 영상부터 20만 조회 수가 찍혔다. 신기했다. 다음 날 다른 영상을 업로드했는데, 이번엔 100만 조회 수를 넘기는 것이 아닌가. 팔로워 수가 심상치 않게 오르는 것을 보고 가능성이 있겠다고 판단했다. 물론 그때까지는 세계적인 틱톡커가 되겠다는 바람보다 내 존재감을 드러낼 수 있는 나만의 채널로 키워갈 수 있겠다는 전망 정도였다.

꾸준히 영상을 만들어 올리면서 나는 틱톡을 제대로 파고들며 분석하기 시작했다. '블랙코미디'와 '이어찍기'가 인기 있고, 자기만의 오리지널 콘텐츠가 있으면 틱톡 알고리즘의 전폭적인 도움을 받을 수도 있다는 사실을 확인했다. 여러 영상에 도전해보다가 한 달쯤 지나서 "마마~!"를 외치는 나만의 오리지널 콘텐츠를 만들었다. '붐(Boom)'을 제대로 탔다. 갑자기 5,000만 조회 수가 찍히기 시작한 것이다! 놀랍고 떨려서 잠을 못 이룰 정도였다. 팔로워 수가 드라마틱하게 치솟는 걸 보곤 '이게 답이구나!' 싶었다. 가능성은 가능함이 된 것이다. 이후로는 저돌적으로, 내 방식대로 밀어붙였다. 마마~!

• • •

물론 이 책을 펼치는 순간, 누구나 100만 팔로워를 가진 틱톡커가 될 수 있다고 장담할 순 없다. 어떤 책 한 권만 읽고 100만 명의 지지를 단숨에 얻는 경우는 당연히 없지 않을까? 하지만 이것 하나만은 약속할 수 있을 것 같다. 나의 일상과 원정맨의 틱톡 생활을 진솔하게 이야기 나누는 동안, 독자님들에게 새로운 방향과 시야를 귀뜸할 수 있다는 것!

내가 처음 틱톡을 시작할 때는 혼자서 좀 외롭고 힘들었다. 어떻게 해야 할지도 모르겠고, 계속하다 보면 무엇이 될 수 있는지도 알 수 없었다. MCN과 광고, 협찬, 수익 창출, 콜라보… 아무것도 몰라서 방구석 1인 체제 가내수공업에 지치기도 했다. 지금 숏폼 콘텐츠에 도전하는 독자님들도 그럴 수 있다. 하지만 다른 점이 있다. 독자님 곁엔 이렇게 내가 있다는 사실이다.

어느덧 틱톡이라는 존재는 내 삶의 일부가 되었다. 오늘도 나는 처음과 같은 모습으로 재미있게 틱톡 채널을 운영하고 있다. 스스로 즐기는 모습이 보는 사람에게도 재미있는 것처럼,

(콘텐츠를 만들며 항상 고민은 많지만) 계속 최선을 다해 즐길 예정이다. 앞으로 최소한 5년은 숏폼의 시대가 계속될 것이라고 나는 믿고 있다. 솔직히 짧아졌으면 더 짧아졌지, 콘텐츠가 길어지는 경향은 없을 듯하다. 글을 쓴다는 행위도 여전히 낯설지만, 숏폼을 만들며 즐기듯 나에 관한 짧은 이야기들을 차례차례 엮었다.

분주한 틈을 내어 책을 준비하면서 어디부터 어디까지 이야기해야 할지, 그리고 얼마나 솔직한 모습을 드러내도 좋을지 고민이 많았다. 경쾌한 틱톡커와 사뭇 다른 신중한 청년으로서의 내 모습에 실망하지는 않을까 염려되기도 했다. 하지만 진솔하게 마주하고 싶었다. 21세기를 살아가는 Z세대 서원정과 세계를 누비는 틱톡커 원정맨 사이에서 약간 괴리감을 느낄 수도 있다. 하지만 두 모습이 모두 '나'이기에 도전하고 노력하며 '나답게 즐기며 사는' 모습을 읽어주시길 간절히 바라는 마음이다.

● ● ●

지금도 믿기지 않을 때가 있다. 틱톡을 시작한 지 고작 1년 4개월 만에 팔로워가 4,000만 명을 넘어섰고, 지금은 5,000만 팔로워를 기록하고 있으며, 어느새 세계 10위권 틱톡커가 됐다는 게… 때로 경이롭다는 생각이 들기도 한다. 볼을 꼬집어보고 싶을 만큼 낯설고 놀라운 상황을 맞이한 건 분명하다. 이전부터 굳건한 팬덤과 인지도를 가졌던 연예인분들보다 빠른 속도로 성장했다는 게 나조차 놀라우니까.

나의 표정과 소리에 함께 웃으며 응원해주는 이들이 그저 고맙기만 하다. 여전히 친구들과 함께 자취하며 평범하게 살아가는 내게 '대한민국 대표 틱톡커'라는 수식은 조금 부담스럽기도 하지만, 숏폼 크리에이터로서 자부심과 책임감을 분명히 느끼고 있다. 틱톡 덕분에 나의 인생은 180도 바뀌었다. 예상치 못한 수익을 얻고, 공중파 TV 프로그램에 출연하는가 하면, 걸출한 해외 프로모션 행사에 초대되기도 한다. 이 긍정적인 변화들을 이야기하고 싶었다. 막연히 돈을 많이 벌겠다고만 생각하는 이들에겐 15초를 위해 24시간 노력하는 내 다른 모습을 슬쩍 알려주고 싶기도 하다.

그리고 권하고 싶다. 아직 늦지 않았으니, 시작해보자고! 취업을 고민하던 서원정이 글로벌한 틱톡커 원정맨이 된 것처럼, 누구든 변화를 위한 시작에 도전할 수 있다. 시작이라는 걸 어렵게 생각할 필요는 없다. 인생은 항상 모든 것의 시작이고 도전이다. 이미 각자의 인생에서는 그보다 더한 시작과 도전이 있었을 것이다. 나처럼 새로운 플랫폼을 시작해도 좋고, 자신이 애정을 가지고 열정적으로 몰입할 수 있는 또 다른 무엇을 위해 과감히 도전해보는 것도 응원하고 싶다. 누구나 자신이 세상에 태어난 것 자체도 기적이기에, 절대로 두려워할 필요가 없다. 그냥 재미있게 즐겨본다는 마인드로 다가서면 틱톡도 인생도 훨씬 쉬워진다.

2022년 12월
서원정

차
례

04 내일, 꿈

01

스물일곱
청년 서원정을
만든 것

스물넷공
청년 서원점을
만든 것

"잘 돼서 내려올게요."
그렇게 내뱉고 집을
나온 뒤,
나는 단 한 번도
아버지에게 연락을
하지 않았다.

대학 졸업 후 독립을 작정했을 때, 아버지는 하나밖에 없는 자식의 취업을 걱정했고, 어머니는 고향 대구를 떠나 큰 도시 서울로 향하는 아들의 건강을 염려했다. 하지만 나는 의기양양했다. 두 분의 근심 따위는 시원하게 날려버릴 만큼 성공하리라. 가진 거라곤 쥐뿔도 없지만, 자신 있었다. 재미있는 일을 하며 이 세상을 살아갈 자신!

"잘 돼서 내려올게요." 내 마지막 인사에 아버지는 아무 말도 하지 않았다. 대구에서도 중심가와 한참 떨어진 변두리 동네에서 자란 나는 그렇게 스물여섯 살 되던 해 독립을 감행했다. 이상할 만큼 두렵지 않았다. 남양주에 살고 있던 친구의 작은 자취방에 들어가 살기로 했고, 나에겐 든든한 틱톡 팔로워도 있었으니까. 독립한 뒤엔 취업할 곳도 생각해보고, 틱톡도 편하게 또 진중히 몰두해보고자 했다. 나만의 길을 찾을 수 있을 것 같았다. 대학을 갓 졸업한 사회초년생의 무모한 자신감이었을 수도 있다. 하지만 부모님께 기대어 고향에서 안정적인 일자리를 찾느라 두리번대기보다 더 큰 세상으로 뛰어들어 보이지 않던 나만의 길을 걸어가 봐야겠다고 생각했다. 물론 마음속 깊은 곳에서 꿈틀대던 불안한 기운을 완전히 없앨 순 없었다. 습관적으로 구인·구직 사이트를 들여다보곤 했던 것이다.

집을 나와서는 아버지에게 한 번도 연락하지 않았다.

스스로 부끄럽지 않을 만큼 제대로 독립하지 못한다면 가족에게도 연락하지 않겠다고 나는 다짐했다. 일이 잘 안 풀려 고개 숙인 채로 대구에 다시 내려가는 게 죽기보다 싫어서 더 열심히 틱톡에 매진했던 것도 같다. 남양주를 떠나 친구와 함께 모아둔 돈을 털어 무작정 서울 서울대입구역 근방에 자취 집을 얻었을 때 어머니에게 전화한 것을 제외하면 거의 소식을 전하지 않은 셈이었다.

그런데 지난봄, 어느 편의점 벽에 붙은 포스터에서 '5월은 가정의 달'이라는 표현이 눈에 밟혔다. 매년 그맘때 특별할 것도 없이 보아오던 그 문구가 새삼스럽게 느껴졌다. 대구를 떠나온 지 제법 시간이 흐른 뒤였다. 그사이 나는 우리나라에서 방탄

소년단, 블랙핑크 다음으로 팔로워가 많은 틱톡커로 자리매김했고, 조금씩 정산이 이뤄지던 상태였다. 엄청난 성공을 이룬 것은 아니지만, 매일매일 자식 걱정하는 부모님에게 온전한 내 모습을 조금 내비치고도 싶었다.

우연이었을까. 며칠 뒤 토요일 저녁 휴대폰을 만지작거리고 있는데 전화벨이 울렸다. 멈칫할 수밖에 없었다. 아버지였다. 잠깐 고민하다가 전화를 받았다. 오래간만에 듣는 아버지의 목소리였다. 아버지는 주말이면 낚시를 하러 다니셨는데, 그날도 어김없이 낚싯대를 던져두고 아들의 안부가 궁금해 전화를 걸었노라고 했다. 아버지의 안부 인사는 평범했지만, 휴대폰 너머에서 반가워하는 기운이 느껴졌다. "월요일에 내려갈게요." 나는 작은 소리로 말했다. 아버지는 내가 떠나올 때처럼 별다른 말이 없었다. 제법 잘 해나가고 있다고 얘기하고 싶었지만, 참았다. 내려가서 얼굴 보며 자랑스럽게 전하고 싶었다. 양손 가득 선물을 들고 무뚝뚝한 경상도 사내인 아버지를 놀라게 해드려야지, 조금 으스대는 표정으로 넉넉한 용돈을 내밀어 어머니를 웃게 만들어야지! 나는 월요일 오후에 출발하는 대구행 기차표를 예매했다.

그런데 일요일 오후 어머니로부터 전화가 왔다. 아버지와 연락이 닿지 않는다며 어머니는 걱정스러운 목소리로 말했다. 아버지께선 월요일이면 출근을 해야 하니 좀 더 기다려보자며 나는 어머니를 진정시켜야 했다. 그런데 월요일 아침이 되어서도 아버지의 출근 소식은 들을 수 없었다.

　　월요일 이른 아침, 휴대폰 벨소리가 요란하게 울렸다. 어머니의 목소리는 심하게 떨리고 있었다. 아버지께서 사고로 돌아가셨다는 소식…. 나는 급하게 김천의 장례식장으로 향했다.

나는 울지 않았다,
적어도 사람들이
보는 곳에서는
울지 않으려 했다,
약한 모습을
보이고 싶지 않았다,
어릴 적부터 아버지는
말하곤 했다,
"강인한 사람이
되어야 해!"

강인한 사람이
되어야 해

월요일의 장례식장은 분주했다. 나는 상주로서 손님들과 친구들을 맞아야 했다. 꽃샘추위가 느껴지기도 했고, 잠시 비가 왔던 것도 같은데, 날씨가 잘 기억나지는 않는다. 나는 울지 않았다. 적어도 사람들이 보는 곳에서는 울지 않으려 했다. 약한 모습을 보이고 싶지 않았다. 손님들과 친구들을 웃으며 맞았다.

상주로서 손님들께 인사를 드리는데, 아버지의 지인으로 보였던 한 어른께서 다가와 "아버지가 아들 자랑을 그렇게 했었다…"며 내 손을 덥석 잡고 쓰다듬었다. 눈물이 쏟아질 뻔했다. 늘 무뚝뚝하고 내겐 관심 없어 보이던 아버지였는데… 나를 자랑하고 다니셨다니…. 가끔 아버지를 원망했던 내가 미웠다. 장례식장 뒤 후미진 구석으로 달려갔다. 쏟아지는 눈물을 멈출 수 없었다.

그때까지 이런 일에 관해 아무것도 모르던 나에게 친가와 외가의 가족들은 큰 힘이 되어주었다. 친척들을 포함해서 고향 친구 열댓 명이 삼일장 내내 함께해주었고, 서울에서 내려온 친구들 역시 둘째 날부터 장례식장을 떠나지 않았다. 아버지의 무덤을 덮어드리러 돌아오는 길에 내가 탄 장의 차량 뒤로 길게 늘어선 자동차들을 보면서 가슴이 뭉클했다. 곁에 있는 친척들과 멀리까지 성큼 달려와준 친구들에게도 진심으로 감사했고, 그들 모두에게 나 역시 든든한 존재가 되어야겠다고 생각했다.

· · ·

말수가 적은 아버지였지만, 어릴 적부터 습관처럼 반복하던 말씀이 있었다. "강인한 사람이 되어야 해!" 초등학생 시절 한의사를 꿈꿨던 것도 연약한 어머니와 가족을 지켜야 한다는 아버지의 권유 때문이었다. 어린 나로선 한의사가 뭔지도 몰랐지만, 가족의 건강을 지키고 경제적으로도 여유로운 '강인한 사람'의 대명사쯤으로 받아들였던 것 같다. 학업 성적은 늘 좋은 편이었는데도 왠지 만족스럽지 않았다. 중학생 때 권투를 배우고 대회에 출전했던 것도 더 강해지고 싶다는 욕구가 작용해서였다.

느닷없는 사고로 돌아가신 아버지를 보내드리고, 서울로

돌아와서 다시 한번 다짐했다. 정말 강인한 사람이 되어야 한다고. 혼자 남은 어머니를 위해서라도 못난 아들로 살아서는 안 되었다. 하늘에 계신 아버지에게도 당당하고 떳떳한 모습을 보여드리겠다고 약속했다.

이상했던 건… 아버지께서 돌아가신 그날, 별 생각 없이 올린 영상이 내 콘텐츠 가운데 가장 많은 조회 수를 기록했다는 사실이다. 지금까지도 나의 영상 가운데 조회 수가 가장 많은 영상으로 꼽히고 있다. 당시 저녁 11시 40분에 영상을 업로드하자마자 기대 이상으로 반응이 좋고, 이내 엄청난 조회 수가 나왔던 기억이 난다. 어머니께서 아버지와 연락이 안 된다고 하신 터라 기분이 찜찜했지만, 예상치 못한 조회 수를 보니 마음이 나아졌더랬다. 그런데 그 이튿날 아침 비보를 듣고 나는 김천으로 향해야 했다. 외부에는 알리지 않았다. 팔로워분들에게도 티 내고 싶지 않아서 그날부터 일주일 동안은 미리 찍어두었던 초안 영상이라도 업로드를 했다. 프로는 그래야 한다고… 사적인 감정을 대외적으로 표출하기는 싫었다. 비통한 마음과는 대조적으로 그때부터 영상에 대한 반응과 팔로워 증가는 폭발적이었다. 정말로 생에 처음 겪어보는 미묘한 감정이었다. 현진건의 단편소설 〈운수 좋은 날〉이 떠올랐다. 운수 좋은 날이라는 게… 운수가 정말 미웠다.

아버지께서 돌아가신 날, 우연찮게 올렸던 영상은 지금까지도 가장 많은 조회 수를 기록하고 있다.

스물일곱
처음 서른을을
만든 것

아쉬운 점이 있다면
아버지와 함께 찍은 사진이 내게
한 장도 없다는 사실이었다.
아이폰을 처음 샀을 때 카메라
성능을 체크하기 위해
테스트용으로 찍어봤던 사진 속에
혼자서 멋쩍게 앉아있는

아버지의 뒷모습
남아있을 뿐이었다.

가끔 어머니와
틱톡을 한다

우리 가족은 단출했다. 어머니와 아버지, 그리고 나뿐이었다. 외동아들이라면 으레 응석받이로 성장했으리라 생각하는 이들이 있지만, 나는 전혀 그렇지 않았다. 어머니의 귀띔에 의하면 "걷고 말하는 게 유달리 빨랐다"는데, 내 기억엔 그저 부모님 말씀을 잘 듣는 평범한 아이였다. 앞에서도 얘기했지만, 아버지는 전형적인 경상도 사나이로 무뚝뚝했다. 어머니는 밝고 쾌활하지만 역시나 목소리가 큰 편은 아니었다. 집안은 시끌 벅적함과는 거리가 멀었지만 그래도 늘 오붓한 분위기를 유지했다. 어릴 적엔 내가 두 분 가운데 누굴 더 닮은 것일지 꽤장히 궁금하기도 했다.

어린 시절 대구 도심에서 조금 떨어진 달성군 다사읍에서 자랐는데, 나는 밖에서 뛰어놀거나 곤충 잡으러 다니는 걸 좋아했다. 매일 친구들을 만나 오락실 가고, 만화책 읽고, 놀이터 가고, 다시 산에 가서 올챙이 잡던 시절이었다. 동네 형·동생들과 여럿이 어울려 놀면서 무럭무럭 자랐다. 아무런 걱정 없이 뛰어다녔던 그 자유분방하던 시절이 정말 좋았던 한때였다는 걸 성인이 된 지금에서야 깨닫는 것 같다.

요즘은 대구를 오가는 마음이 달라졌다. 일정상 자주 갈 순 없지만, 혼자 지내는 어머니를 들여다볼 겸 여유도 찾을 겸 다가가는 고향은 정서적 안정을 주는 존재가 됐다. 어릴 적 논밭이던 곳에 신도시처럼 낯선 아파트 단지가 들어섰고, 마음껏 뛰놀던 중·고등학교 운동장은 놀라울 정도로 작게 느껴지지만, 멀리 떠나와서야 보이는 것들이 있었다. 그저 좁아 보이던 동네와 부모님의 걱정이 부담스럽게 느껴지던 집안은 어느덧 푸근한 고향과 애틋한 가족의 안식처로 바뀐 듯하다.

지난 2021년 9월엔 어머니에게 용돈으로 1,000만 원을 드리기도 했다. 자랑스러운 아들이 되고 싶은 마음에서 우러나온 이벤트성 퍼포먼스였는데, 계속 100만 원대로 받아들던 정산금이 1,000만 원 단위로 오른 첫 달이었다. 당시 2,000만 원이 조금 넘는 돈을 정산받았는데, 그 금액의 반을 어머니에게 드린 셈이었다. 대구 본가에 들어가는 공과금과 관리비, 유지비 등도 모두 내가 낼 수 있도록 나의 통장에 연결했다. 어머니에게 안심과 안정을 주고 싶었다. 언젠가 어머니께 집한 채를 선물하고 싶다는 포부도 내 일을 더 열심히 하게 만드는 동기 부여가 되고 있다.

처음 1,000만 원 단위의 정산금을 받았을 때, 어머님을 위한 용돈 이벤트를 기획했다.

돌아가신 아버지와 함께 찍은 사진이 한 장도 없다는 게 조금 아쉬웠다. 아이폰을 처음 샀을 때 카메라 성능을 테스트하기 위해 이리저리 셔터를 누르다가 우연찮게 아버지를 찍은 적이 있는데, 남아있는 사진이라곤 그것뿐이었다. 아버지의 뒷모습.

요즘은 더러 대구 본가에 내려갈 때마다 어머니에게 틱톡 촬영을 도와달라고 부탁한다. 직접 틱톡 영상에 출연하는 게 어렵고 낯설다는 어머니는 아들 녀석이 하는 일을 돕는다는 마음으로 마지못해 승낙하신다. 멋지게 차려입고 찍자는 어머니에게 그냥 평소처럼 잠옷 차림도 상관없다고 실랑이하는 동안 몇 번은 웃게 된다. 이렇게라도 어머니와 함께하는 뭔가를 남길 수 있다는 게 정말 좋다.

꿈이 많은 소년이었다.
권투선수부터 가수까지,
꿈을 쉽게
포기한 적은 없었다.

소년의 꿈

초등학생 때는 영재교육을 따로 받으러 다닐 만큼 공부를 곧잘 했다. 중학생 때는 전교 230명 가운데 3등, 고등학생 때는 550명 중 7등을 하기도 했으니 공부를 안 하거나 못하는 축은 아니었다. 하지만 꿈은 좀 달랐다.

어떤 꿈을 잡아보려 구체적인 노력을 처음 해본 것은 중학생 때였다. 권투를 배우고 싶어 체육관을 찾았는데, 연습 스파링에 나섰다가 깜짝 놀란 적이 있다. 상대는 후줄근한 차림을 한 마른 체형의 형이었다. 어린 마음에 해볼 만한 상대라고 생각했다. 그런데 별 볼 일 없을 줄 알았던 상대는 결코 만만하지 않았다. 아니 솔직히 나는 그의 압도적인 힘에 제압당하고 말았다. 나는 맞기만 했다. 헛스윙조차 어려웠다.

겸손해야 했다. 그리고 더 배우고 노력해야 했다. 다행히 진지하게 훈련하는 내 모습을 기특하게 봐주신 관장님 덕분에 나는 복싱 대회를 준비했다. 친구들과 어울려 노는 일이 자연스럽게 줄었다. 한동안 나의 장래 희망은 권투선수였다. 중학교 2학년부터 고등학교 올라가기 직전까지 권투에 푹 빠져서 선수 준비에 여념이 없었다. 그런데 훈련 강도가 높아질수록 한계가 느껴졌다. 아마추어 복싱 대회까지 치렀지만, 내 장래가 불투명하다는 확신만 거듭 들었다. 이쯤에서 포기해야 했다.

2년 넘게 쏟아낸 노력과 그 시간이 아깝지 않았다면 거짓말일 것이다. 하지만 포기하는 것이 옳았다. 후회할 일은 아니었다. 뭔가에 달려들어 몰두하는 즐거움을 배웠으니까. 더불어 운동은 나에게 겸손한 마음과 건실한 생활 태도를 선물해줬다. 특히 권투는 머릿속으로 이미지를 그려가며 연습하고 예측하는 '이미지 트레이닝' 습관을 강하게 심어줬다. 권투선수에 대한 꿈을 접으면서, 좋아하는 운동을 밑바탕 삼아 육군사관학교나 경찰대학교 진학을 희망하기도 했으니 꿈은 사라진 게 아니라 또 다른 꿈을 꾸게 한 셈이었다.

• • •

지금 생각해보면 귀여운 추억인데, 중학교 1학년 때 엠넷 〈슈퍼스타K〉와 JYP 오디션을 본 적이 있었다. 어려서부터 동네 친구들과 노래방에 자주 갔는데, 노래 부르는 즐거움을 알아 버린 것이다. 오디션 결과는 좋지 않았지만, 음악에 대한 관심은 사그라지지 않았다. 권투를 접자, 음악에 대한 열정이 다시 타올랐다. 여전히 내 또래 친구들은 너나없이 노래방에 모여들었다. 대구 시내로 가려면 40분은 걸렸고, 서울처럼 놀거리 많은 번화가가 없는 동네에서 노래방 말곤 딱히 어울려 놀 곳도 없었다. 이전까지 내 '18번'은 가수 더원의 노래였다. 버즈와 바이브의 노래들도 즐겨 불렀다. 그런데 고등학생이 되면서부터 브라운아이드소울과 보이즈투맨(Boyz II Men) 같은 R&B 팀의 노래에 푹 빠졌던 듯하다.

그즈음 중학교 동창 중에 음악을 하고 싶다며 본격적으로 기타를 연주하던 친구가 있었다. 중학생 때까지 공부를 곧잘 하던 친구였는데 단박에 진로를 정해 나아가는 모습이 정말 멋졌다. 내 마음속에 있던 가수와 음악에 대한 꿈이 마구 꿈틀거렸다. 달성고등학교 1학년 때였다.

실용음악과에 진학하겠다고 말하자 부모님은 반대했다. 고등학생이 되어서도 성적이 좋은 편이었으니 예체능 분야보단 공부를 더 하는 쪽으로 대학에 가라는 말씀이었다. 그런데 부모님은 권투를 시작했을 때도 치고받는 운동이라며 안 된다고 반대했었다. 나는 매번 내 결정에 대한 의

지를 보여야 했고, 부모님을 설득해야 했다. 촛불을 켠 채 음악을 제대로 해보고 싶다는 내용의 편지를 읽으며 부모님을 상대로 결연한 프레젠테이션을 하기도 했다. 고등학교 1학년 2학기에 되었을 때 나는 기어이 실용음악학원에 등록했다. 중학교 동창이던 친구가 다니던 그 학원이었다.

그런데 이번에도 어떤 한계를 직감하고 말았다. 뛰어난 보컬로서 승부수를 던지기엔 나 스스로도 만족스럽지 않았던 것이다. 권투를 했을 때와 다른 점이 있기는 했다. 이미 사랑하게 되어버린 음악을 완전히 포기할 순 없다는 사실이었다. 나는 쓸모가 많은 음향 기술을 배우겠다는 각오와 함께 음향제작과 진학으로 방향을 바꿨다.

청소년 대부분이 그렇겠지만, 학창 시절의 꿈은 수시로 바뀌었다. 어릴 적엔 한의사가 되고 싶더니, 중학생 때는 권투선수를 꿈꿨고, 좋아하는 운동을 밑바탕 삼아 육군사관학교나 경찰대학교에 진학하려 노력하기도 했다. 가수를 목표로 구체적인 준비를 하기도 했다. 물론 고등학교 후반부터는 현실적인 직업을 고민하며 '가수는 아니더라도 음악과 함께하는 삶'을 희망했다.

많은 이들이 틱톡커로 자리매김한 나에게 꿈을 이룬 사람이라고 치켜세우기도 한다. 가수는 아니지만, 매일매일 음악과 함께하는 일상을 보내고 있으니 제법 어릴 적 꿈에 다가선 것은 사실 같다. 하지만 나는 여전히 꿈을 꾸고 있다. 대한민국 틱톡커로서 5,000만 팔로워 너머까지 달려나갈 목표를 세우기도 했고, 어머니에게 집을 한 채 사드리는 희망을 품기도 하며, 긍정적인 에너지를 내뿜을 수 있는 사업을 계획하기도 한다. 먼 훗날 음악 하는 밴드를 결성하고 싶다는 바람도 있다. 막연하게 꿈꾸는 것만은 아니다. 나는 알고 있다. 어떤 꿈에 가까이 다가서려면 겸손해야 하며, 더 배우고 노력해야 한다는 것을!

대학 시절,
밴드부 보컬을 맡았다.
교내 행사와 버스킹에 나섰다.
노래 부르며 음악 하는
동료들과 어울리는 재미,
그리고 무대에 올라 주목받는
즐거움을 알았다.
사람들이 좋아하는 게
좋았다.

대학에 진학해서는 등록금과 자취 비용을
감당하기 위해 우선 장학금을 받아야 했다. 1학
년 때는 학우들과 똑같이 어울리며 술 마시고 놀러 다녔는데,
4.5학점을 받자 주변에서 '반전'이라며 놀라워했다. 놀 땐 신나게
놀고, 공부할 땐 밤잠 설치며 집중하는 스타일이었다. 가까운 친
구들은 알고 있었다. 학기 중엔 교내에서 근로장학생으로 오래
일했고, 추가 장학금을 받을 수 있다는 말에 총학생회 기획부국
장을 잠시 맡은 적도 있었다.

사실 장학금을 받는 일은 당시 나로선 가장 쉽게 돈을 버
는 일이자 투자, 그리고 효도였다. 장학금으로 학비가 조달됐고,
전공과 관련된 일을 찾는 데 기본적인 신뢰를 부여하는 일이었
으며, 동시에 부모님을 흐뭇하게 만들 수 있었으니까. 넉넉지 않
은 집안 형편을 생각해서라도 매번 장학금을 받아야 했으니, 학

기 중엔 하루 이틀로 끝나는 음향 관련 아르바이트 말고는 학업에 열중했다.

그런데 방학이 되면 좀 달라졌다. 나는 방학 때마다 본격(!) 아르바이트 생활을 펼쳤다. 소위 '빡센 일자리'를 찾아다니며 돈을 벌었다. 건설 현장에 나가기도 했고, 한샘 가구 조립 단지에서 일하기도 했다. 자동차 부품 공장에서 근무한 적도 있었다. 선택권이 없었던 것은 아니지만, 힘든 일을 마다하지 않았다. 편한 삶을 경계하고 싶었다. 커피 주문을 받거나 과외를 하는 것보다 힘든 일을 했을 때 삶에 대한 공부가 축적된다고 믿었다. 물론 함께하는 친구들이 있었고, 파트타임 아르바이트에 비해 수당도 월등히 많았다. 솔직히 아르바이트만으로 고된 하루를 보내고 나면 이렇게는 못 살겠다는 푸념이 절로 났다. 그런데 그런 생각을 할 수 있다는 것만으로 다행이었다. 앞으로 노력해서 다른 일을, 좀 더 내가 즐길 수 있는 일을 찾을 수 있다는 사실에 감사했다.

아르바이트로 했던 일 가운데 가장 힘들었던 건 뻥튀기와 쌀강정 장사였다. 대구역 인근에 있는 재래시장 '번개시장' 입구에서 뻥튀기 기계를 직접 돌렸다. 물론 사장님이 따로 계셨고, 나는 하나밖에 없는 종업원이었다. 손님들이 쌀이나 보리, 옥수수, 우엉, 떡 등 별의별 걸 다 가져오면 주문을 받은 뒤, 작은 대포처럼 생긴 뻥튀기 기계 3대에 차례 차례 재료를 넣고 골고루 튀겨드리는 일이었다. 어르신 손님이 대부분이었는데, 일단 손님 수가 많았다. 뻥튀기를 직접 튀겨주는 곳이 많지도 않을뿐더러, 대구 지역이 뻥튀기와 쌀강정으로 유명해서 지방에서 찾아오는 분들도 부지기수였다. 그리고 그분들의 요구사항은 엄청 다양했다. 달달한 감칠맛을 위해 넣는 미원의 양부터 과자의 크기까지, 놀랍도록 까다로운 손님들의 입맛에 할 말을 잃곤 했다. 좁은 공간에 늘어선 손님의 주문을 받고, 헷갈리지 않도록 주의하면서 3대의 기계가 놀지 않도록 잘 돌리는 작업은 보통 일이 아니었다. 사장님은 기계를 당기는 일을 주로 했다. 나는 기계마다 터져 나온 뻥튀기를 아낌없이 담고, 동전을 세어가며 현금 계산까지 했다. 물론 따로 만들 쌀강정용 뻥튀기를 분리하면서.

발에 물집이 생겼다. 하루에 손님 수백 명을 상대하는 일은 진짜 고단했다. 장사 자체도 힘들었지만, 밥 먹을 시간이 따로 없어서 점심 무렵엔 뻥튀기 기계를 돌리면서 손님 받고 포장하면서 밥도 먹어야 한다는 게 좀처럼 익숙해지지 않았다. 나에겐 군대보다 힘든 경험이었다. 하지만 이듬해 겨울방학 때 한 번 더 사장님을 찾아갔다. 당시 학생 신분이었던 나에게 250만 원이라는 제법 큰 급여와 함께, 힘든 일을 통해 느끼고 배운 게 많았기 때문이다. 돈의 소중함을 느꼈고, 어르신 손님들을 접하며 인생도 조금은 배웠던 것 같다. 정을 알았고, 제법 넉살도 생겼다. 나는 자청해서 야간까지 뻥튀기 장사를 했다.

방학이 끝나면 언제나 내가 지금 본업으로 생각하고 준비하는 일을 더 열심히 해야겠다며 다짐했던 것 같다. 하지만 그 시절 여러 고단한 아르바이트 덕에 성장했던 것은 분명하다.

• • •

군대 얘기를 잠깐 해보자면, 나는 군악대에 가고 싶어 1년 가까이 시험을 치르며 준비를 했다. 이듬해 해군 군악대 음향병으로 합격했는데, 훈련소 생활을 거치는 동안에도 음향 부스가 잘 갖춰진 계룡대본부 군악대로 자대 배치를 받기 위해 교육에 충실히 임해야 했다. 나는 후반기 교육생 중에 1등을 했다. 그러고 원하던 본부 군악대에 배치받았다. 2년 동안 정말 다채로운 군 관련 음악 행사들에 참여하면서 음악 연습을 거듭할 수 있었다. 당시만 해도 나는 당연히 대학 졸업 후 음향 엔지니어가 될 것이라 믿었기에 군 시절 자체가 훌륭한 음악 공부 시간이라는 생각이 들었다.

그런데 군대에서 한 가지라도 더 챙겨가야겠다는 생각이 들었다. 독서에 매진하거나 영어 공부를 더 파고드는 동료도 있었다. 나는 체력단련실로 향했다. 뭐라도 시작해보자는 심정으로 아령을 쥐었던 것 같다. 운동을 꾸준히 했고, 정말 열심히 했다. 군대에서 전역하던 달엔 보디 프로필 촬영을 하기도 했다. 사진을 남기기 위한 목적보다 스스로 한계를 극복했던 짜릿한 경험을 기억에 남겨두고 싶었다. 이 책 148쪽에 담아둔 이 사진을 보고 사람들은 "원정맨, 몸 괜찮구나!"하며 지나칠 수 있겠지만, 내겐 순수한 노력만으로 개인적 한계를 극복했던 체험에 대한 강렬한 기록이라 자꾸만 눈길이 머문다.

● ● ●

대학에 다니면서 공부와 아르바이트만 했던 것은 당연히 아니다. 음향제작을 전공으로 선택한 이유가 음악과 함께하는 삶을 살고 싶어서였던 만큼, 열심히 음악을 즐겼다. 밴드부에 가입했다. 보컬을 맡았고, 교내 행사와 버스킹을 다녔다. 가요제에 참여하기도 했다. 노래 부르며 음악 하는 동료들과 어울리는 재미, 그리고 무대에 올라 주목받는 즐거움을 알았다. 나를 보며 사람들이 좋아하는 게, 그 자체로 좋았다. 실제로 밴드를 준비하기도 했다. 곡을 만들어 '가이드 녹음'을 하고, 밴드원들도 찾는 등 큰 그림을 그려보기도 했다. 물론 여러 사정상 밴드 결성은 무산됐지만.

활동적인 것을 좋아해서 사람들과 어울리는 경우가 많았고, 그러다 보니 술도 제법 마셨던 것 같다. 대학이 예술대학교이다 보니 여러 방면의 예술 하는 사람들을 만날 수 있다는 사실이 정말 좋았다. 보통의 대학생들처럼 연애도 꾸준히 했으니, 후회 없는 학창 시절을 보낸 셈이었다. 밴드부 말곤 진로를 위한 경험을 쌓기 위해 학과 활동에 나서곤 했지만, 대외활동에 적극적인 편은 아니었다. 처음 제대로 시도한 대외활동이 대학교 4학년이 돼서야 참여한 틱톡 서포터스였으니 말이다.

레코딩 엔지니어를 준비했다.
YG 산하의 더블랙레이블에
최종 면접을 보러 갔다.
떨어졌을 때
차라리 잘 되었다고
생각했다.

음향 엔지니어를
고민했어요

나는 레코딩 엔지니어를 준비했다. 수업을
들으며 선배들이 일하는 현장에 가서 인맥도 쌓아나갔다. 군대
도 군악대에 지원해 다녀온지라 제법 많은 음악적 경험을 쌓을
수 있었다. 내가 다닌 동아방송예술대학교 음향제작과는 원래 3
년제인데, 나는 1년(2학기)을 더 신청해서 4년제 학부로 졸업할
수 있었다. 사실 그 역시 취업 준비를 위해서였다.

음향 엔지니어는 톱클래스가 아니라면 수입이 많지 않으
므로 무조건 톱클래스 엔지니어가 돼야 한다는 부담감이 있었
다. 그래서 졸업반 때 틱톡을 접하고도 일단 취업을 해야 할지
고민이 컸다. 틱톡을 본격적으로 파고 싶다는 욕심이 들면서도
한편으로는 이제 사회생활을 해야 할 시점이라는 부담을 털어낼
수 없었던 것이다. 물론 지금은 취업할 생각이 없지만, 현재 음
향 엔지니어 생활을 잘 해내는 동기들이나 힘겨운 직장 생활에

대해 토로하는 친구들을 만나면 그저 대견하고 대단하다는 마음이 든다.

사실 나도 한 차례 취업을 위해 면접을 본 적이 있다. YG 산하인 더블랙레이블(THEBLACKLABEL)에 레코딩 엔지니어로 지원했고, 최종 면접까지 갔다. 떨어졌을 때 차라리 잘 되었다는 생각을 했다. 계속 머릿속에 맴돌던 틱톡을 전력투구해서 붙잡아볼 기회로 여겼던 것이다. 취업은 반년이든 1년이든 뒤에 해도 괜찮다고 판단했다. 좀 더 여유롭게 생각하자. 취업과 달리 틱톡은 지금이 아니면 이 붐을 이어가기 어려우므로 아쉬움이 남지 않을 때까지 끌어가보고 싶었다.

언제나 빠른 판단력이 중요했다. 망설이는 건 늘 좋지 않은 결과를 가져왔다. '자기 객관화'를 통해 빠르게 흐름을 바꾸는 게 중요하다. 그러고 보면 나는 자기 객관화를 제법 잘하는 편에 속했다. 뭐든 대충하는 편은 아닌데, 객관적으로 봤을 때 더 중요한 일이 있다면 머뭇대지 않으려 한다. 정답은 아니겠지만, 내 판단을 밀어붙이는 것이다. 어차피 세상엔 정해진 답이 없지 않을까? 생각을 바꿔먹었다면 제대로 행동으로 밀고 가야 한다. 수많은 고민과 이전까지 애쓴 시간을 위해서라도 대충 흐지부지할 순 없다.

가난해도 괜찮아!
하고 싶은 일을 할 수 있다면
젊은 날의 가난쯤은
즐길 수 있었다.

틱톡에 매진하기로 마음먹었는데 굳이 서울로 이사해야 했었느냐고 묻는 사람도 있다. 우선 졸업 후 취업을 걱정하는 아버지의 염려로부터 벗어나고 싶었다. 무엇보다 부모님의 걱정을 덜어드려야 하는 입장에서 그 부담감 때문에 계속 흔들리는 자신으로부터 나를 해방시켜야 했다. 사실 남양주에 갈 때까지만 해도 틱톡에 매진하더라도 음향 엔지니어로 아르바이트를 겸할 생각이었다.

서울 생활에 대한 막연한 기대도 있었다. 사실 어려서부터 두려움과 환상이 공존했지만, 항상 큰물에서 놀아야 한다고 생각했기에 서울은 무조건 가야 할 곳이라고 여겼다. 남양주에 사는 친구 자취방에 몇 달 머물다가 몇몇 대학 동기들이 운영하는 음악 스튜디오가 있는 서울 서울대입구역 인근으로 이사를 했다. 대학교가 경기도 안성에 있어서 서울을 종종 오가며 어느 정도 이 도시를 알고 있다고 생각했는데도 서울에서 자취를 시작하니 모든 것이 달라 보였다. 당연한 얘기지만 서울은 큰 도시였다. 대구에선 '시내'에서만 볼 수 있던 번화한 풍경이 동네마다 펼쳐졌다.

당시 수입이 전혀 없는 상태였기 때문에 두려움이 살짝 밀려왔다. 그래도 혼자가 아닌 친구 승재와 같이 살아서 위로가 됐다. 열심히 살아서 돈을 벌어야겠다는 생각밖에 없었다. 낯설고 화려한 대도시가 궁금했지만, 돌아다니진 않았다. 서울에 있었을 뿐, 나는 종일 집에서 틱톡 영상만 찍었다. 잠자는 시간 외에는 틱톡과 운동의 반복이었다. 승재도 음악을 만드는 직업이라 우리는 창작의 고통쯤 감내하는 서로를 응원했다. 친구는 돈을 벌기 위해 작곡 관련 일을 했다. 우리는 가난도 즐겁다고 생각했다. "지금은 가난해도 괜찮아!" 돈이 중요하긴 하지만, 하고 싶은 작업을 할 수 있다면 가난쯤은 차라리 즐길 수 있었다. 친구가 요리를 하면, 나는 치우는 일을 맡았다. 밥을 먹든 라면을 먹든 김치만 있으면 괜찮았고, 나눠 먹고 아껴 쓰는 생활도 재미있었다.

• • •

여전히 친구와 함께 서울대입구역 근방 작은 빌라에서 살고 있다. 올해 말쯤 이사할 예정으로 혼자 제대로 독립해 살 곳을 알아보는 중이기는 하다. 어떤 형태보다는 시야가 탁 트인 곳에서 살고 싶다는 생각 정도를 갖고 있다. 최근 들어서야 서울을 적극적으로 들여다보는데, 문화적인 즐길 거리가 끊임없이 펼쳐지는 데다 되게 멋지고 훌륭한 사람들을 다양하게 만날 수 있는 도시라는 믿음이 자리 잡았다. 이 도시의 환경이 내가 계속 성장할 수 있는 매력적인 터전이 되어주는 듯하다.

넌 뭘 하든
잘 해낼 줄 알았어.
친구의 한마디와
술 한 모금에
마음이 스르르 녹는다.

승재와 둘이 지내던 자취 집엔 최근 현식이가 하우스메이트로 합류했다. 모두 20살 때부터 같이 부대끼며 지내온 친구이자 대학교 동기들이다. 친구들과 함께 있을 때 나는 그저 재미있게 살고 싶어하는 스물일곱 살 서원정일 뿐이다. 친구들은 '월드클래스' 틱톡커가 된 나의 현재 상황들이 "말도 안 된다"고 얘기하면서도 정말 멋있다고 지지해준다. "넌 뭘 하든 잘 해낼 줄 알았어." 아무렇지도 않게 던져주던 얘기들이 오랫동안 힘이 되곤 했다.

현식이는 대학교 4학년 때 내가 머물던 반지하 자취 집 건너편에 살던 친구였다. 졸업반 2학기를 함께 보내며 많은 얘기를 나눴는데, 내가 틱톡에 관심이 있다고 하자 놀라워했다. 그는 진심 어린 조언을 많이 해줬고, 그 얘기를 바탕으로 나는 당시 틱톡 플랫폼과 내 채널의 성장세를 바탕으로 자신감을 드러내기도 했다. 서로 웃고 떠들며 지냈던 기억이 난다. 결국 현식이는 나의 틱톡 생활을 가장 먼저 알고 응원해준 친구였다.

물론 고향 친구들 가운데 내가 틱톡 하는 걸 알고 처음엔 장난처럼 놀리는 이도 있었다. 조금 민망하기도 했지만, 더 열심히 해서 성공해야겠다는 생각이 들 뿐이었다. 그렇게 꾸준히 나아간 덕분에 지금은 대구에 내려가면 나를 굉장히 신기하게 바라보는 친구들과 마주하곤 한다. 어려서부터 나를 봐온 친구들이니 당연한 반응일 것이다. 여전히 어릴 때와 같이 대해주는 친구들이 나는 그저 고맙다. 사실 돌이켜보면 그들은 항상 나에게 똑같이 대했고, 변한 건 없었다.

• • •

머릿속이 복잡해질 때는 그냥 친구들을 만나서 아무 생각 안 하는 걸 좋아한다. 특히 고향 친구들을 만나면 그렇게 마음이 편안해질 수가 없다. 술잔을 나눌 땐 일에 대한 진지한 고민보다 요즘 친구들의 관심사나 시시껄렁한 농담을 주고받는다. 대화 속에서 몸도 마음도 녹는다. 놀 땐 일 생각을 안 하려 한다. 빌 게이츠도 정신수양을 위해 숲을 거닐 땐 모든 전자기기를 두고 갔다고 하지 않던가. 요즘 부쩍 바빠진 탓에 친구들과의 술자리는 줄어들었다. 그래도 친구들에게 기분 좋게 한잔 살 수 있는 내가 기특하고, 덕분에 또다시 열심히 돈 벌어야겠다는 각오를 다잡기도 한다.

지금은 틱톡 크리에이터들을 비롯해 새로운 친구가 여럿 생겼다. 적극적으로 연락하거나 자주 만나자고 청하는 성격은 아니지만, 그중에서도 마음 맞는 친구들과 돈독한 우정을 쌓아가고 있다.

대학 시절까진 연애도 종종 했는데, 지금은 여자 친구가 없다. 내가 좋아하는 사람이 아니면(!) 절대 만나지 않는 성미라 어릴 때부터 짝사랑을 많이 했던 것도 같다. TV에 출연해 이상형이 배우 박보영 님이라고 말한 적이 있는데, 역시나 귀여운 사람이 좋고, 아기자기한 사람에게 끌리는 편이다. 현재는 여자 친구보다 나의 일이 우선이기에 향후 몇 년 동안은 연인에 대한 갈망은 딱히 없을 것 같다. 물론 인생은 또 어찌 될지 모르지만! 여자 친구는 음… 책임질 수 있는 사람이 나타난다면 바로 시작할 수도 있다는 열린 마음 정도를 장착해두고 있다.

언제나 편한 친구가 되고 싶은 것처럼, 옷차림도 스타일리시한 패션보다
생활밀착형 캐쥬얼을 좋아한다.

망설이는 걸 좋아하지 않는다. 정답이 아닐 순 있겠지만, 내 판단을
밀어붙이는 편이다. 어차피 세상엔 정해진 답이 없지 않을까?

현란한 스포트라이트 조명보단 자연스러운 햇살을 좋아한다. 사실 평상시에는 컬러풀한 의상을 즐겨 입지는 않는다. 검은색과 브라운 컬러 같은 무난한 의상들이 많다.

좀 더 높은 곳에서 바라보는 세상은 어떨까? 스물일곱 살 청년 서원정은 어느덧 글로벌 틱톡커 원정맨으로 더 친숙하지만, 가끔 서원정으로 바라보는 세상이 달라 보일 때가 있다.

틱톡에서든 일상에서든 내가 진심으로 즐거워야 그걸 바라보는 팔로워들과 마주하는 친구들도
그 즐거움을 느낄 수 있다는 걸 알고 있다. 언제 어디서 누구를 만나든 즐거운 에너지를 전달하는
원정맨이고 싶다.

틱톡 원정기,
틱톡으로
다시 태어나다

나는 틱톡커로서 맞이한
변화들에 자부심을 느끼고 있고,
더 많은 이들에게 '동기 부여'가
될 수 있었으면 하는 바람으로
수익이나 긍정적인 변화에 대해
과장 없이 밝히는 편이다.

그냥
시작했어요

주위에선 과연 내가 어떤 비법으로 글로벌 틱톡커가 된 것인지 물어보곤 한다. 만나자마자 노하우를 알려달라는 이들도 많고, DM이나 댓글을 통해 들어오는 문의도 부지기수다. 어느덧 나도 틱톡으로 얻게 된 수익쯤은 솔직하게 이야기하게 됐다. 그건 내 틱톡 글로벌 순위처럼 공개된 내용이어서 숨기기 어렵고, 숨길 이유도 없는 데이터다. 유튜브도 마찬가지지만, 소셜 미디어 크리에이터들의 수입은 대체로 공개되어 있다. 무엇보다 나는 틱톡커로서 맞이한 변화들에 자부심을 느끼고 있고, 더 많은 이들에게 '동기 부여'가 될 수 있었으면 하는 바람으로 수익이나 긍정적인 변화에 대해 과장 없이 밝히는 편이다. 우리나라에선 아직 틱톡이 대세이거나 보편적이지는 않아서 사람들의 인식에 도움이 될 만한 좋은 의견을 전달하고 싶기도 하다. 사실 수입의 경우 숨길 수 있긴 한데, 언론 인터뷰나 방송 출연을 하다 보면 대체로 자극적인 걸 원하다 보니 어쩔 수 없이 언급하게 된 경우도 많다. 사람들의 호기심과 궁금함은 당연한 게 아닐까? 그다지 내세울 것 없는 대한민국의 스물일곱 살 청년이 '아주 쉽게(?)' 세계적 틱톡 크리에이터로 성공했다고 여길 테니 말이다.

• • •

솔직하게 고백하자면, 나는 틱톡을 할 생각이 전혀 없었다. 프롤로그에서도 얘기했듯 대학 졸업반이 되었을 때까지도 말이다. 정말 우연한 시작이었다. 대학교 4학년 때 마주한 유튜브 〈이십세들〉의 서포터스 모집 홍보 문구는 '코로나 때문에 날린 대학 생활을 틱톡으로 풀어보자!'였다. 졸업 전 마지막 학기였고, 대학 생활 중 대외활동도 제대로 못했기에 마지막으로 한번 놀아보자 싶었다. 대외활동으로 여러 사람을 알게 되는 것에 초점을 두었던 것이다. 그렇게 2020년 9월 나는 처음으로 틱톡 애플리케이션을 다운로드했다.

그때까지 내가 틱톡에 대해 가졌던 선입견은 춤추는 앱 아닌가 하던 것이었다. 실제로 예전 틱톡에는 댄스적인 요소가 많긴 했다. 그런데 막상 접해보니 춤도 춤이지만, 그냥 처음 접해보는 낯선 영상들이 많았다. 되게 짧고, 임팩트 있는 영상들이었다. 나도 처음에는 어색할 수밖에 없었다. 새로운 플랫폼이기도 했지만, 당시엔 인스타그램 릴스나 유튜브 쇼츠도 없어서 숏폼이라는 세로 형식 자체가 어색했다. 광범위한 주제를 가진 국내외 영상들이 랜덤으로 나오니까 다소 어지럽기까지 했다. 그래서 첫 시청 후 일주일 동안 보지 않았다.

그런데 내가 참여했던 대외활동은 매주 주제를 바꿔가며 해당 주제에 맞는 틱톡 영상을 만들어 업로드해야 했다. 나는 어쩔 수 없이 아무것도 모르는 상태로 영상을 찍어 올렸는데, 급기야 난생처음 악플도 달렸다. "이게 뭐냐", "왜 이렇게 성의가 없고, 어색하냐" 등이었는데, 나도 평범무쌍한 사람인지라 그런 내용을 보니 짜증이 났다. 대외활동을 이어가려면 틱톡을 계속해야 하니, 안 되겠다 싶었다. 피할 수 없다면 즐겨야 했다. 그제야 틱톡에 대해 좀 알아야겠다는 생각이 들었던 것 같다. 그 후 한 달 동안 틱톡을 분석했다. 파악할수록 처음 가졌던 선입견과는 굉장히 다른 세계였고, 유튜브처럼 카테고리도 무척 많으며, 크리에이터마다 각기 다른 색으로 재미있게 플레이하고 있다는 것을 알게 됐다.

과연 내가 틱톡에 녹일 수 있는 것은 뭘까 고민했다. 나는 장기도 딱히 없고, 춤도 못 추고, 연기도 해본 적 없으며, 잘생기지도 않았다. 노래 부르는 걸 좋아했지만, 15초짜리 숏폼에 담기에는 버거웠다. 표현하고자 하는 콘텐츠의 방향성이 잡히지 않아 할 수 있는 게 없을 듯했다. 솔직히 이거 큰일 났다 싶었다. 곰곰이 생각하다가 내린 결론은 조회 수가 많은 영상은 그 이유가 있을 테니, 조회 수 많은 다른 영상을 '듀엣'이라는 기능을 사용해서 무작정 따라 하기로 했다.

10월 19일, 드디어 내가 구성한 공식적인 (!) 첫 영상을 업로드했다. 해당 영상은 틱톡의 듀엣 기능으로 촬영한 것으로 제대로 따라 한 콘텐츠도 아니었다. 당연히 조회 수에 대한 기대도 없었다. 아무것도 안 하고 있었건만 단번에 수천 건의 조회 수가 나왔다. 조회 수가 20만 회까지 올라가자 조금 당황했던 나는 다음 영상은 좀 제대로 따라 해보기로 마음먹었다. 수백만 조회 수가 나왔던 원본 영상을 똑같이 따라 하면 조회 수가 얼마나 나올지가 궁금했다. 그런데 그냥 똑같이 따라 한 영상부터 바로 100만 조회 수가 넘게 나왔다. 이렇게 밀어붙이다 보면 뭐라도 되겠다는 기대와 함께 나의 본격 틱톡 생활이 막을 올렸다.

• • •

돌이켜보면, 정말 아무것도 없는 시작이었다. 무근본으로 영상을 찍기 시작한 것인데, 그렇기에 이 콘텐츠로 뭘 만들어보겠다는 계획이나 욕심은 전혀 없었다. 초반엔 그냥 게임 레벨업(level up)하듯 팔로워 수가 늘어나는 게 재미있을 뿐이었다.

그때 나는 대학 마지막 학년, 마지막 학기였다. 당연히 취업을 준비하지, 틱톡커가 될 것이라 예상하지는 못했다. 그런데 팔로워가 늘고, 콘텐츠에 대한 반응이 조금씩 눈에 보이면서 갑자기 든 생각이 있었다. 앞으로 어떤 일을 하든 틱톡 채널 덕분에 '나'라는 사람 자체에 대한 인지도가 생긴다면, 그것이 어떠한 방향으로든 이득이 되지 않을까? 당시만 해도 나는 레코딩 믹싱 엔지니어가 되고자 준비했기에, 그 분야에서 잘 팔리는(!) 사람이 되기 위해 음향 관련 영상도 틱톡에 올려보려 했다. 요즘 말하는 '브랜딩'이라는 개념이었던 듯하다. 물론 그때는 '퍼스널 브랜딩' 같은 단어의 개념 자체도 몰랐다. 그냥 주어진 상황에서 시대의 흐름을 이해하려 한 것이다.

내가 나중에 하게 될 일들에 도움이 될 수 있도록 채널을 재미있게 만들자는 생각이었다. 즐기면서 해보자는 작은 마음가짐이 틱톡 인생을 살게 만들 줄을 그땐 미처 몰랐다.

어떤 사람이
틱톡 크리에이터가 될까?
남들은 대학 졸업반으로서
취업 준비를 하던 때 나는
틱톡의 세계에 빠져들었다.
곰팡이 핀 반지하 원룸에서
생활비 월 50만 원으로 살아가던
시절이었다.
휴대폰을 고정시킬
삼각대는커녕 이렇다 할 조명도
내겐 없었다.

틱톡을 처음 접해보는 분들은 소극적인 플레이를 하게 마련이다. 나 역시 지금처럼 숏폼에 익숙지 않던 때 입문한 데다 보수적인 성향이 있어서 많이 주저했다. 기존의 영상들을 보다 보면, 아 이런 거 어떻게 해… 이런 거는 좀 아닌 것 같은데… 춤을 내가 어떻게 춰… 이런 마음이 들던 것이다. 하지만 지금은 장르 불문하고 다 하고 있다. 환경이 사람을 만든다고, 실제로 플레이를 하다 보면 한두 달 만에 생각이 바뀐다. 그러니 독자님들도 틱톡을 시작할 때 자신에게 한계선을 두지 말기를 바란다. 열린 시선으로 접근하면 보다 빠르게 적응할 수 있고, 더욱 재미있게 활동할 수 있다!

● ● ●

아시다시피 2020년 틱톡을 시작할 당시 나는 동아방송예술대학교 음향제작과에 재학 중인 학생이었다. 4학년이 되어서 졸업 후 직업으로 음향 엔지니어 분야를 희망하고 있었다. 평균 학점이 4.3점이었으니 학업 성취도가 괜찮은 편이었고, 해군본부 군악대 음향병으로 군대도 만기 전역한 상태였다. 남들처럼 졸업반으로서 취업 준비를 하던 그때 틱톡의 세계에 빠져든 것이다. 곰팡이 핀 반지하 원룸에서 생활비 월 50만 원으로 살아가던 시절이었다. 휴대폰을 고정할 삼각대는커녕 이렇다 할 조명도 내겐 없었다.

주변에 놓인 물건들을 이용해 휴대폰을 세우고, 공부할 때 쓰던 책상 위 스탠드를 조명 삼아 취업 준비하다가 남는 시간을 이용해 꾸역꾸역 영상을 찍었다. 막연한 기대감을 품긴 했지만, 외로운 플레이였다. 이러한 초라한 상황에서 내가 할 수 있는 건 뭘까? 기획력과 꾸준함뿐이었다.

집안이 여유로운 편은 아니었기에 능력껏 학비를 충당해야 했고, 그래서 공부를 열심히 해 장학금을 쟁취해야 했다. 학기 중에는 교내에서 근로장학생으로 일하고, 방학이 되면 노동 인력으로 아르바이트를 하며 돈을 벌었다. 그런 내가 틱톡을 시작하고 1년이 지난 즈음 단순 틱톡 영상만 찍는 것으로 월 5,000만 원의 수익을 달성했다. 나아가 지금은 여타 IP 사업을 준비하고 있다.

그러니 누구라도 할 수 있다! 나야말로 외모도 평범하고, 재능도 보통 수준이지 않은가. 어찌 보면 그냥 동네의 흔한 형이나 오빠, 동생과 다르지 않다. 그런 내가 틱톡을 접하면서 국내외를 불문하고 여러 업체와 관계자들을 만나고, 언젠가부터 그들이 먼저 찾는 사람이 됐으며 (반가운 광고 연락을 포함해서!), 지금 우리나라에서 틱톡을 대표할 수 있는 사람 중 한 명이 됐다. 그러니 독자님들도 할 수 있다. 외모가 뛰어나거나 춤 실력이 특출나지 않아도 시작할 수 있다. 콘텐츠에 자신이 직접 등장하지 않은 채로 활용하는 사람도 많다. 그 방향성과 기획에 대해 같이 고민해 보는 것은 어떨까?

안 해보고 후회하는 것보다는 해보고 그 피드백을 바탕으로 한 발짝 나아가는 사람이 되는 게 좋지 않을까!

틱톡 훔쳐보기,
틱톡으로
다시 태어나다

틱톡은 나를 알리기에
가장 좋은 놀이터다.
간단한 기능들만 익히면 나처럼
혼자서도 무수히 많은 영상을
만들어낼 수 있고,
단돈 0원으로 100만,
1,000만 명에 이르기까지
자신을 노출할 수 있으며, 그것을
통해 다른 연결고리로 유의미한
기회과 결과를 얻을 수 있기에
틱톡에 도전하는 사람들이
많아졌다.

틱톡은 인스타그램, 유튜브처럼 개인을 표
현하는 또 다른 창구다. 실제로 개인뿐 아니라 기업들도
틱톡을 통해 브랜딩을 하고 있다. 단돈 0원으로 자신을 세상에
노출할 수 있는 곳, 단 15초 안팎의 영상으로 100만 또는 1,000만
조회 수의 효과를 볼 수 있는 곳이 바로 틱톡이다.

틱톡은 중국 IT 기업 바이트댄스(ByteDance)가 소유하고
있는 글로벌 숏폼 비디오 플랫폼이다. 최대 3분까지 동영상을
제작할 수 있으며, 짧은 음악과 립싱크, 댄스, 코미디, 챌린지와
같은 영상을 제작하고 공유할 수 있는 동영상 공유 소셜네트워
크 서비스다. 바이트댄스는 틱톡을 2016년 9월 중국 시장에 '도
우인(抖音)'이라는 이름으로 출시하며 1년 만에 이용자 1억 명
을 돌파했다. 나아가 해외 시장 진출을 위해 틱톡을 만들었으며,
2017년 중국 본토 외 150개 국가·지역에서 75개 언어로 iOS와 안

드로이드용 틱톡을 출시했다. 또한 미국 비디오 앱 '뮤지컬리'를 인수하며 지금의 틱톡 생태계를 완성했다. 현재 틱톡은 월평균 이용자 10억 명, 전 세계 누적 다운로드 수 20억 회를 기록하고 있다. 우리나라에서는 2017년 11월부터 정식으로 서비스를 시작했다.

많은 이들이 틱톡을 중국 서버를 사용하는 플랫폼으로 잘못 알고 있는 경우가 많은데, 틱톡과 도우인은 인터페이스가 거의 동일하지만, 각각의 플랫폼에는 하나의 아이디로 접근하는 것이 불가능하다. 즉 앱 자체가 중국 앱인 도우인, 그 외 글로벌 앱인 틱톡으로 구분되어 다르게 운영되는 것이다.

틱톡은 월평균 액티브 유저가 약 10억 명으로 현재 전 세계 6위에 해당하는 이용자를 보유하고 있다. 틱톡 서비스를 출범한 바이트댄스는 설립 8년 만에 매출 340억 달러를 기록했는데, 현재 소셜 미디어 1위를 기록하고 있는 페이스북이 설립 8년 차에 50억 달러를 기록한 것과 비교해 약 7배 빠른 성장 속도를 기록한 것이라고 한다. 이미 미국과 영국 등 여러 나라에서 틱톡 이용 시간은 유튜브와 인스타그램을 넘어섰다. 다운로드 수에서도 2020년 3억 회를 넘어섰고, 전체 앱 중 가장 많이 다운로드된 앱으로 등극했다(이 부분에서 내 생각엔 유튜브는 기본으로 깔린 경우가 많아서 순위에서 벗어난 느낌이 있다).

수익적인 측면에서 보면 실제 해외의 유명 틱톡커들은 연간 수십억 달러를 버는 경우도 있다. 시장 규모는 점점 커지고 있는데, 더디긴 하지만 우리나라 시장 역시 성장하고 있다. 광고 시장은 물론이고, 내가 시작할 때만 해도 없던 라이브, 후원, 현금 지원 등 서비스 기능들이 점차 생겨났고, 유저층 역시 넓어지고 있다. 유튜브에 비해 영상 만들기가 수월하고, 인스타그램에 비해 노출률이 우수한 탓에 개인은 물론, 기업들까지도 브랜딩 구축과 홍보를 위해 틱톡을 점점 많이 사용하는 추세다.

● ● ●

덧붙여 틱톡은 크리에이터라는 개념과 SNS의 혼합 같은 느낌이다. 즉 틱톡은 팔로우-맞팔로우 기능도 있고, 댓글에 응답하면서 놀 수도 있으며, 팔로워들과 즉각 반응할 수 있다는 점에서 인스타그램이나 트위터 대비 인게이지먼트(engagement) 비율이 월등하게 좋다. 이 말은 즉 틱톡을 잘 활용하면 다른 플랫폼들보다 더 좋은 상호교류 효과를 얻을 수 있다는 얘기다. 게다가 간단한 기능들만 익히면 나처럼 혼자서도 무수히 많은 영상을 만들어낼 수 있고, 단돈 0원으로 수많은 이들에게 자신의 메시지를 노출시킬 수 있다. 또 그것을 통해 다른 연결고리로 유의미한 유입과 결과를 얻을 수 있기에 틱톡에 도전하는 사람들이 많아졌다. 게다가 틱톡이 주가 아니더라도 다른 플랫폼에서 활동하는 크리에이터들도 틱톡을 통해 또 다른 수요층을 확보할 수 있기에 함께 플레이하는 사람들이 점점 많아지고 있다.

　　노출률이 높아서 팔로워를 모으기에 훨씬 쉬운 플랫폼이기도 하다. 내가 엄청 많은 팔로워 수를 지녔지만, 플랫폼이 틱톡이 아닌 유튜브였다면 이렇게나 많은 노출과 구독자 증가를 이루지 못했을 것이다. 그만큼 자신을 알리기에 가장 좋은 플랫폼이 아닐까? 나아가서 나뿐 아니라 틱톡 팔로워 상위권 대부분은 일반인이다. 우연히 접한 틱톡으로 짧은 순간에 일약 스타덤에 오른 케이스들이 정말 많다. 그 케이스에 독자님들이 포함되지 않을 이유도 없다.

실제 이름인 '원정' 뒤에
'맨'을 붙였다.
요즘은 크리에이터들이
이름 자체를 아이디로
사용하는 경우가 많다.
하지만 나는 틱톡을 처음
시작했을 때 설정한 이름과
프로필 사진을 단 한 번도
바꾸지 않았다.
틱톡을 플레이하는 데 큰 의미는
없지만, 이것도 개인적인
스타일인 셈이다.

원정맨의 탄생

프로필에서 고민할 부분이라면 채널 이름과 프로필 사진
이다. 물론 뭐가 옳고 좋은지에 대한 답은 없다. 내가 시작할 당
시에는 언니, 오빠, 형, 사장, 사마와 같은 수식어가 무척 많았다.
그래서 나도 그렇게 해야 하는 줄 알고, 실제 이름인 '원정' 뒤에
'맨'을 붙여 썼다. 요즘은 자신 이름을 그대로 사용하는 경우가
많다. 실제로 외국에서는 대부분 자신 이름을 사용하고 있다.

원정맨이라는 이름에 대한 평가는 나쁘지
않았다. 호불호 없이 편안하게 다가갈 수 있는 이름이고, 이
름 덕분에 어린 친구들이 좀 더 재미있게 생각하는 장점도 있었
다. 사실 지금 다시 채널의 타이틀을 정한다면 서원정이라는 본
명을 그대로 쓸 것 같다. 닉네임을 짓는 것은 우리나라 스타일인
데, 아무래도 글로벌 환경에서 활동하다 보니 이름이 곧 아이디

고, 아이디가 이름인 해외 스타일에 자연스럽게 익숙해졌기 때문이다. 우리나라에서는 보통 이름과 아이디, 닉네임을 모두 구분하는 것에 비해 외국에선 '이름 = 아이디 = 닉네임'으로 통용되는 경우가 많다.

그래도 유행하던 단어 중에 덜 눈에 띄던 '맨'을 사용했던 게 정말 잘한 선택이었다고 생각한다. 틱톡을 처음 시작했을 때 설정한 이름과 프로필 사진을 나는 단 한 번도 바꾸지 않았다. 개인적으로 중요할 순 있지만, 틱톡을 플레이하는 데 큰 의미는 없다고 봐도 무관하다. 이건 개인적인 스타일이고, '자기만족'이라고 보면 되겠다.

깊은 고민 끝에
틱톡 사용이 익숙해지던
11월 말 영상을 올렸는데,
나의 아이덴티티 중 하나인
"마마!"가 처음 등장하게 됐다.
그 영상은 바로 수천만
조회 수가 나왔고,
나는 '이거구나!' 하고 확신했다.

원정맨의 피 땀 눈물: 원정맨 채널이 자리 잡기까지

　도대체 원정맨이 뭐길래 이렇게까지 틱톡커로 급성장할 수 있었을까? 틱톡 관계자의 자식이 아니냐는 의문까지도 받아봤는데, 당연히 그럴 리 없다. 이미 말씀드린 것처럼, 틱톡을 시작할 때 나는 그저 평범한 대학생이었다. 과거로 돌아가서 내가 맞닥뜨렸던 상황을 좀 더 구체적으로 이야기해보겠다. 이 내용이 틱톡을 시작하려는 독자님들에게 도움이 됐으면 좋겠다. 틱톡 사용에 대한 구체적인 사용 노하우는 이 책 말미에 '부록'으로 달아두었니 참고해주시길!

· · ·

오리지널 콘텐츠가 필요해!

　내 경우, 틱톡을 처음 시작했을 때 반응이 나름 괜찮았다. 곧장 어떻게 하면 콘텐츠들을 더 붐업(boom-up)시키고, 채널을 잘 꾸릴 수 있을지 고민하게 됐다. 애초에 내 콘텐츠들이 해외에서 반응이 좋았기에 글로벌한 반응을 타야겠다고 생각했고, 해외 영상들을 보면서 소위 '잘나가'면서 '떡상'하고 있는 계정들을 찾아보기 시작했다.

당시 이어찍기 기능이 막 나온 상황이어서 그 기능을 이용하면 알고리즘에 더 쉽게 올라탈 수 있으리라 판단했다. 무엇보다 자기만의 오리지널 콘텐츠(아이덴티티)가 있으면 틱톡 생태계의 알고리즘에 의해 계속 퍼지면서 '떡상'한다는 사실을 알아차렸다. 또 당시만 해도 가이드라인이 약해서 블랙코미디를 하면 조회 수가 잘 나온다는 것도 캐치했다.

깊은 고민 끝에 틱톡 사용이 익숙해지던 11월 30일 영상을 올렸는데, 나의 아이덴티티 중 하나인 "마마~!"가 처음 등장하게 됐다. 그 영상은 바로 수천만 조회 수가 나왔고, 나는 '이거구나!'하고 확신했다. 그렇게 밀고 나가니 계속 높은 조회 수가 나왔다. 12월 25일 크리스마스 날, 내 아이덴티티에 깃발을 꽂은 영상이 나오고, 그 콘텐츠가 1억 조회 수를 넘기면서 계정이 폭발적으로 성장하기 시작했다. 큰 재능이 없던 서원정이라는 사람이 틱톡을 어떻게 표현할 수 있을지 고민하고, 수많은 카테고리 중에서 할 수 있는 게 무엇일지에 대해 계속 고뇌한 끝에 마침내 존재감을 발휘할 수 있는 콘텐츠를 만들어낸 시점이었다.

"마마~!"를 외쳤던 나만의 첫 오리지널 콘텐츠.　　　　처음으로 1억 뷰를 기록한 영상.

트렌드를 빠르게 확인하는 시야를 갖기 위해

그 뒤로도 조회 수가 잘 나오며 붐을 이어갔지만, 계속 "마마~!"만을 외칠 순 없었다. 새로운 것이 필요했다. 나는 다시 고민에 빠졌다. 그러다가 알게 된 건 해외에서 형성되는 트렌드가 곧장 우리나라에도 들어온다는 사실이었다. 외국 트렌드가 뜰 때 서둘러 발을 걸치면 붐 될 가능성이 컸다. 그런데 나는 그때까지 음원을 사용해본 적이 없어서 어떻게 표현해야 할지 몰랐다. 음원을 사용하면 립싱크나 연기를 하고 춤을 추기도 해야 했으므로, 나는 실제로 거의 일주일 내내 휴대폰을 앞에 두고 내 얼굴 각도를 살폈다. 어떤 각도일 때 얼굴이 괜찮게 나오고, 어떤 표정이 재미있으며, 자연광에서는 어떤 느낌으로 나오는지, 스탠드 조명에서는 이미지가 어떻게 연출되는지, 헤어스타일은 어때야 하고, 배경에는 무엇을 둬야 좋을지에 대해 반복 연습을 했다.

카메라에 조금이나마 적응을 했는데, 내가 어떤 걸 표현할 수 있는지 잘 모르니까 일단 트렌드로 떠오르는 모든 카테고리를 장르 불문하고 모두 영상으로 만들어봤다. 지금 보면 좀 오 그라드는 것들도 있다. 그런데 어쩔 수 없었다. 내가 뭘 할 수 있 는지 제대로 알아야 앞으로 나아갈 수 있으니 확인을 거듭해야 했다. 그러다 보니 천만 조회 수가 넘는 영상들이 몇 개 나왔다. 내가 어떻게 했을 때 어떤 반응이 오는지 파악하면서 원래 하루 에 하나씩 올리던 영상을 오리지널 콘텐츠와 자유 콘텐츠로 나 눠 '1일 2영상'으로 바뀌었다. 어느 정도 적응을 하고 나니, 계정 성장이 꾸준히 이뤄지는 게 눈에 보였다.

● ● ●

또 다른 오리지널 콘텐츠의 등장. 나이쓰! 땡큐!

아무리 오리지널 콘텐츠라도 예측 가능한 영상을 계속 만 들면 사람들의 반응이 식기 마련이다. 그래서 새로운 캐치프레 이즈를 만들기 위해 노력했다. 틱톡 자체의 가이드라인이 엄격 해져 다소 위험해 보이는 블랙코미디는 찍기 어려운 상황이 왔 고, 나는 당시 붐을 이뤘던 '한심좌' 계정처럼 역설적인 영상을 만들면 재밌겠다는 생각에 이르렀다. 그렇게 나온 것이 '나이 쓰'와 '땡큐'다. 바로 수천만 조회 수라는 반응이 터져 나왔 다. 같은 이어찍기를 하더라도 카테고리를 넓혀나갔고, 다른 신 기한 영상을 따라 해보거나 낯선 상황극까지 만들어가며 콘텐츠 범위를 넓혀나갔다.

그러다 보니 나의 이어찍기, 오리지널 콘텐츠는 한계가 거의 없어졌다. 즉 콘텐츠의 제약에서 벗어난 것이다. 영상마다 다른 콘셉트를 부여해 준비할 수 있게 되면서 콘텐츠를 올리는 배열 순서에도 신경을 쓸 수 있었다. 팔로워들이 질리지 않도록, 모든 이용자에게 다채로워 보일 수 있도록 노력했다. '롱런'을 위해서는 각 콘텐츠의 텐션을 적절하게 유지하는 것도 중요했다. 가벼운 영상과 기획을 열심히 한 영상의 업로드 배열에 신경 써서 영상들 간의 텐션을 다르게 유지했다.

● ● ●

내가 생각하는 원정맨 채널이 붐 된 이유!

1 오리지널 콘텐츠가 있다.

2 외국 트렌드를 빠르게 캐치한 후,

내 아이덴티티를 녹여낸다.

3 영상들 간의 텐션을 유지해서

꾸준히 활동할 수 있는 환경을 만들었다.

4 하루 영상을 3~4개까지도 올리며 빠르게 순환시켰다.

● ● ●

당시의 마음가짐

처음 틱톡을 시작했을 때, 혼자 플레이했으니 주변엔 지인도 없고, 어떻게 수익을 내야 할지도 몰랐다. 수익이 0원인 상태에서 수도권까지 올라왔으니 통장 잔고는 계속 바닥을 드러냈다. 그 상황에서 '멘붕'을 맞이하는 건 당연했다. '알바'라도 해야 할까 하는 생각에 머리가 지끈거렸다. 그렇지만 나는 일단 내 채널을 어떻게든 키우면 뭐라도 되겠지 싶어서 틱톡만 엄청나게 팠다. 일단 배수의 진을 친 것이다. 뒤를 돌아볼 수 없었다. 아버지께서 돌아가신 뒤 '가장'이라는 마음가짐이 크게 작용하기도 했다. 그 마음가짐으로 독하게 플레이를 이어갔다.

그렇게 채널을 키워나가면서 MCN 회사와 계약하고, 1,000만 팔로워도 넘고, 수익도 조금씩 생겼다. 계속 더 열심히 해야겠다는 생각 외엔 없었다. 외로운 싸움이었다. 하지만 계속해서 분석하고 고민하고 발전해나가면서 지금까지 계정을 키웠다. 수익 창구도 하나씩 마련하게 됐다. 초반엔 진짜 초라했지만, 그게 1년 반도 안 된 가까운 과거의 얘기다. 당시엔 지금의 모습을 상상할 수도 없었다. 목마른 사슴이 우물을 찾는다고 하지 않는가? 나는 목이 마르다 못해 가뭄 수준이었다. 그러다 보니 5,000만 팔로워를 넘어선 지금의 상황이 너무나도 감사할 따름이고, 열심히 나아가면 안 되는 일이 없다는 것을 새삼 깨닫게 됐다. 독자님들도 극한의 상황에 몰리면 열심히 할 수밖에 없을 것이다. 그러한 상황에서 좌절보다는 미래를 위해 나아갈 수 있기를 나는 희망한다.

크리에이터들의 소속사인
MCN으로부터 연락이 왔을 때
나의 발전 가능성을
인정받은 듯했다.
단순한 비즈니스 관계가 아닌
신뢰를 쌓으며
서로 응원하듯 많은 것을
계획해볼 수 있을 곳과
계약하고 싶었다.

크리에이터들의 소속 회사인 MCN이 낯선 독자님들이 많을 것이다. MCN은 'Multi Channel Networks'의 줄임말로 말 그대로 '다중 채널 네트워크'다. 풀어 말하면 경쟁력 있고 인기 높은 채널들을 운영하는 1인 창작자의 동영상 제작을 지원하고 관리해주는 대신 그 수익을 나눠 갖는 서비스가 바로 MCN이다. 1인 창작자를 연예인으로 본다면, MCN은 매니지먼트 기획사에 비유할 수 있다. 우리가 알고 있는 SM이나 JYP와 같은 연예기획사에서 소속 가수나 배우들을 발굴하고 육성해 방송 활동이나 이벤트 행사, 광고 출연 등 수익 활동을 지원하고 관리해 그 수익을 배분하듯, MCN은 1인 창작자들을 도와 콘텐츠의 기획부터 제작에 필요한 과정과 시설을 지원해 수익 창출을 돕고 그 수익을 나눈다. MCN은 매니지먼트 회사로써 홍보, 저작권 관리, 프로모션, 신규 수익 창출 및 마케팅까지 여러 서비스를 지원하고, 체계적으로 관리해 콘텐츠 창작자가 제작에 집중할 수 있도록 도와주는 서비스를 제공한다.

　　자신의 채널을 잘 키워나가 경쟁력을 갖는다면 그 크리에이터에게는 많은 MCN에서 연락이 오게 마련이다. 내 경우에는 연락 온 곳만 10군데였고, 미팅까지 한 곳은 여섯 곳이었다. 내가 이렇게나 많이 알아본 이유는 MCN의 선택은 크리에이터의 방향과 수익에 상당한 영향을 미치기 때문이다. 우리나라에서는 우선 유튜브가 광고와 친밀하고 대중들에게 익숙하며, 조회 수당 수익도 보장되기에 개인이 꾸려나가는 경우도 많다. 하지만 틱톡은 아직은 그렇지 않기에 대부분 MCN의 역할에 의존한다. 그리고 MCN마다 특색이 있기 때문에 '어느 회사는 좋고, 어느 회사는 별로다'라고 말하기는 어렵다.

● ● ●

　　나의 첫 번째 MCN은 당시 모 기업에서 틱톡 관련 부서가 새로 생긴 상황이었다. 당시 나의 팔로워는 300만 명대였는데, 여섯 군데에서 제의를 받았다. 첫 MCN 회사를 정했던 이유는 그곳에 계신 담당 이사님께서 나를 설득하기 위해 본가인 대구까지 와준 것에 감동했기 때문이다. 아무것도 모르던 나에게 많은 믿음을 주었고, 단순한 비즈니스 관계가 아닌 신뢰를 쌓으며 서로 응원하듯 많은 것을 계획해볼 수 있을 것 같아 계약서에 서명했다.

　흥미로운 점은 수익적인 측면과 관련된 MCN이 실질적인 수입 증가보다 정서적인 힘이 되어주곤 했다는 사실이다. 힘들게 틱톡 활동을 하던 때라 소속 MCN의 존재만으로 내겐 위로가 됐다. 덕분에 더 열심히 활동할 수 있었던 듯하다.

　회사에 의존적인 사람이 되어선 안 되겠다는 마음이 생기면서 스스로 어떻게 수익을 창출할 수 있을지 고민하며 발품을 팔고 다녔다. 회사에서도 그러한 활동을 지지했고, 결국 국내외 업체들과 직접 연락해 광고를 따내면서 스스로 파이프라인을 이어나갔다. 상황을 살피며 할 일을 더 찾아 나서게 되었던 것 같다. 결국 MCN의 도움으로 나는 내적인 안정감을 갖고 틱톡을 플레이할 수 있었다.

● ● ●

　지금은 두 번째 MCN 순이엔티(SOON ENT)와 계약해서 다방면으로 적극적인 도움을 받고 있다. 틱톡과 관련된 광고와 행사를 프로페셔널하게 유치해주는 것은 물론 스케줄 조절, 새로운 프로젝트 제안 등 혼자의 힘으로 풀어나가기엔 버거웠던 고민들이 덜어지는 듯한 느낌이다.

나는 아직까지 협찬을 받지 않고 있다. 협찬을 받아서 콘텐츠를 만드는 것보다 차라리 내 돈 주고 사서 쓰자 싶은 마인드인 데다, 내 콘텐츠가 좋아서 팔로워한 분들에게 협찬에 구애받지 않고 자유롭게 보여주고 싶은 이유에서다. 자칫 협찬 제품만을 홍보하는 모습으로 비춰지는 걸 지양하고 싶었다. 틱톡뿐 아니라 다른 플랫폼에서도 마찬가지다.

광고도 내 판단 기준에 따라 괜찮은 광고들에 대해서만 진행하고 있고, 비교적 낮은 금액으로는 진행하지 않는 것도 결국 내 채널의 퀄리티를 위해서다. 사실 팔로워 수가 지금처럼 높지 않았을 때도 광고 제안이 몇 번 들어왔는데 나는 왠지 모르게 더 나아갈 자신감이 있어서(근자감~!) 진행하지 않았다. 어찌 보면 덕분에 내 가치를 키워가는 데 의지를 불태울 수 있었던 것 같다.

물론 나의 마인드나 방식만이 옳은 것은 아니다. 오히려 브랜딩을 해서 광고주에게 친화력 있게 어필할 레퍼런스를 만들고 싶다면, 일단 많은 광고를 받아서 좋은 영상을 만들고 난 뒤 그걸 통해 더 많은 광고사를 유치하는 것도 방법이 될 수 있다. 크리에이터 각자의 상황에 맞게 진행하면 되는 부분일 것이다.

나의 2021년과 2022년을
되돌아본다면
사실 큰 목표는 단순 **팔로워**
증가였다.
그래서 내가 간과하고 있는
부분이 있을 수 있다.
앞으로는 내가 더 할 수 있는
부분들,
나의 가치를 더 확장할 수 있는
분야들에 대해 도전해볼 생각이다.
물론 결과가 어떻게 될지는
모르지만,
시작이 중요한 게 아닐까?
어떤 방향으로든 유의미한
결과가 나올 것이라 믿고 있다.

틱톡이라는 앱이 우리나라에서는 아직 이질적인 면이 있기에 어디서부터 어떻게 설명해야 할지 고민이 많았다. 어찌 보면 나 자신이 틱톡을 대표하는 느낌도 있어서 그 부담감과 책임감을 느끼며 독자님들에게 틱톡의 즐거움을 잘 전하고 싶다. 책을 준비하면서 내 틱톡 인생을 돌아봤고, 최대한 그때의 마음가짐으로 다가가고 싶었다. 정말 근본 없이 시작했던 나였기에 독자님들에게 친화력 있는 동기 부여가 됐으면 좋겠다. 최대한 간결하면서 진솔한 얘기들을 많이 나누고 싶었기에 내가 생각하는 많은 것들, 그리고 나에 대한 많은 것들을 담아보았다. 내 이야기만 듣고 끝내지 말고, 꼭 틱톡 앱을 열어 실행해보길 바란다.

　　나의 이야기를 바탕으로 틱톡을 잘 활용해 원하는 결과

물에 더욱 빨리, 의미 있게 도달했으면 좋겠다. 그리고 실행해본 후 책을 다시 펼치신다면 놓쳤던 부분들에 대해서도 깨우칠 수 있을 것이다. 아무쪼록 나의 경험이 독자님들에게 의미 있게 다가갈 수 있다면 정말로 뿌듯할 것 같다.

틱톡을 통해서 독자님들이 가지고 있는 가치를 뽐내어 많은 분에게 알려지고, 브랜딩이 되어서 또 다른 부가 수익을 창출하길 바란다. 조금 더 거창하게 말하자면 세상에 자신의 존재에 대한 의미를 널리 알릴 수 있으면 좋겠다. 나 역시 계속 틱톡 활동을 할 것이고, 그렇게 독자님들의 동료가 될 것이다.

나의 2021년과 2022년을 되돌아본다면 사실 큰 목표는 단순 팔로워 증가였다. 그래서 내가 간과하고 있는 부분이 있을 수 있다고 생각했다. 앞으로는 내가 더 할 수 있는 부분들, 나의 가치를 더 확장할 수 있는 분야들에 대해 도전해볼 생각이다. 물론 결과가 어떻게 될지는 모르지만, 시작이 중요한 게 아닐까? 어떤 방향으로든 유의미한 결과가 나올 것이라 믿고 있다.

플랫폼이 점점 짧아지고 유행도 급격히 바뀌는 것처럼, 요즘 세상이 그런 것 같다. 하루하루가 급변하고 안 해보거나 모르고 있으면 바보가 되는 세상이 요즘인 것 같다. 그런 상황에서 나는 틱톡이라는 플랫폼에 도전을 해봤던 것인데, 세상에는 이러한 기회들이 곳곳에 있다고 확신한다. 독자님들도 흩어진 기회들을 잘 잡아서 성장할 수 있으면 좋겠다. 나 역시 더 열심히 노력해 한 발짝씩 나아갈 것이다. 숙제보단 놀이하듯 즐겁게!

틱톡을 하며 또 다른 만남을 이어가고 있다. 틱톡이 인연이 되어 만난 친구들, 그리고 틱톡커로서 출연하는 프로그램도 하나둘 늘어났다. 숏폼 크리에이터로서 책임감이 느껴지는 동시에 또 다른 재미를 찾고 시야가 확장되는 것을 느낀다.

2021년 12월 방영된 SBS 유튜브 채널 〈스브스 예능맛집〉의 〈하트 파이터〉 촬영 현장. 나(당시 3,600만 틱톡 팔로워)를 비롯해 신사마, 시아지우(SiA_jiwoo) 등 내로라하는 숏폼 크리에이터들이 참여했다.

SBS 디지털 오리지널 콘텐츠 회사 모비딕스튜디오가 제작하는 〈제시의 쇼!터뷰〉에 지난 2022년 2월 출연한 내 모습. 틱톡 크리에이터로서의 즐거움과 보람을 소개하고, 제시와 함께 틱톡 영상을 만들어보기도 했다.

2022년 2월 SBS 유튜브 〈하트 파이터〉의 라이브 현장. 틱톡커 꼰야님과 신사마님이 함께했다. '마마~!'를 외쳐 달라는 요청이 쇄도했다. 마마~!

2022년 3월 개그맨 샘 해밍턴이 아들 윌리엄과 벤틀리와 함께하는 유튜브 채널 〈THE 윌벤쇼〉에 출연했다. 5년 넘게 그들이 출연했던 KBS2 〈슈퍼맨이 돌아왔다〉의 애청자였는데, 아이들이 나를 반갑게 맞이하고 따르는 것이 그저 신기했다.

2022년 3월 개그맨 김용명이 진행하는 유튜브 채널 〈크크루삥뽕〉에 출연해 즐거운 시간을 보냈다. 참고로 '크크루삥뽕'은 인터넷 신조어로 'ㅋㅋ ㅋㅋㅋ'처럼 재미있고 웃긴다는 의미를 가진 표현이다.

현재 나는 〈클래스101〉 플랫폼을 통해 틱톡에 대한 클래스를 진행하고 있다. 숏폼 클래스로는 유일무이하게 〈클래스101〉에 강좌를 올렸고, 열심히 준비했던 자료들을 소개하고 있다. 2022년 초부터 준비해서 4월에 클래스 론칭을 했는데, 틱톡 교육에 관한 내용은 자부심을 가질 만하다는 평가를 받고 있어 흐뭇하다.

2022년 7월 방송된 KBS 2TV 〈자본주의학교〉에는 '숏폼계 한류스타'라는 수식을 달고 출연했다. 이날 방송인 현영의 딸 다은과 가수 김태연은 내가 등장하자 입을 다물지 못했다. 반면 스포츠 스타 현주엽과 방송인 현영은 '초면'이라는 듯 어리둥절한 표정을 지으며 재미있는 장면을 연출했다.

2022년 8월 SBS의 디지털 오리지널 콘텐츠 〈뼈 때리는 도사들〉에 첫 게스트로 출연
했다. 두 MC 지상렬과 이상욱은 내게 틱톡 성공 비결과 수입을 묻는 데 집중했는데, 틱
톡 크리에이터로서 다양한 면모를 소개할 수 있었다.

틱톡에서 매년 진행하는 대표 온라인 라이브 공연인 '틱톡 스테이지'가 2022년에는 라이브 토크쇼 포맷 '틱톡 스테이지 온에어'로 진행되었다. 주제는 틱톡이 6월부터 진행한 브랜드 캠페인 "당신의 모든 것을 존중"을 반영한 것으로 그룹 위너의 이승훈과 광희를 비롯해 성시경, 전소미 등 멋진 아티스트들과 함께했다.

나의 유튜브 채널 〈ox_zung 원정맨〉 구독자 수도 어느덧 350만
명을 넘어서고 있다. 유튜브 채널에서는 숏폼 영상들의 편집본 외
에도 다양한 콘텐츠를 만날 수 있다.

2022년 8월 세계적인 팝스타 제이슨 데룰로(Jason Derulo)와 인도네시아 발리에서 틱톡 컬래버레이션 영상을 찍었다. 나와 제이슨 데룰로가 한국식 인사를 시작으로 미국식 인사, 그리고 한국식 인사와 미국식 인사를 서로 다르게 나누며 웃음을 자아내는 내용으로 폭발적인 조회 수를 기록했다.

2022년 8월 세계에서 가장 많은 클럽을 보유한 스페인 프리메라리가(Spain Primera Liga)에서의 틱톡 컬래버레이션 콘텐츠 촬영 모습. 그 흥미로운 결과물은 당연히 나의 틱톡 피드에서 확인할 수 있다.

셀럽보다 내 삶의 주인공

서울에 올라와 막연한 시간이
흘렀다.
사는 동안 가장 외로웠을 때를
이야기하라면
그때가 아니었을까?
틱톡 팔로워 수는
이미 2,000만 명이 넘었지만
아직 정산이 이루어지지 않은 채
계속 틱톡 콘텐츠 개발과 업로드만
반복하던 그때···.
24시간 아이디어를 고민하는데도
수입이 0원이던 시기였다.
무모한 도전에 나선 것은 아닌지
조바심이 나기도 했다.
그때마다 마음속으로 되뇌었다.
— 외로울수록 성공한다!

외로울수록
성공한다

어릴 적부터 외로움을 잘 타는 스타일이 아니었다. 외동아들로 자란지라 혼자만의 시간이 익숙했고, 실제로 외롭더라도 그 감정을 티 나게 드러내는 성격이 아니었다. 그런 내게도 정말 외로울 때가 있었다.

서울에 올라와 틱톡에 집중하는 동안 막연히 시간이 흘러갈 때였다. 팔로워 수는 이미 2,000만 명이 넘었지만, 아직 정산이 이루어지지 않은 채 계속 콘텐츠 개발과 업로드만 반복하던 그때…. 24시간 아이디어를 고민하는데도 수입이 0원이던 시기였다. 가끔 틱톡에만 전념하는 것이 무모한 도전은 아닌지 조바심이 나기도 했다. 내 선택에 어느 정도 확신이 있었지만 조금 외로웠다. 외로운 감정이었다. 내 상황을 터놓고 조언을 구할 동료를 찾을 수 없다는 게 쓸쓸했던 것도 같다.

그때마다 마음속으로 되뇌었다. 외로울수록 성공한다. 외롭고 힘들 때 견딜 줄도 알아야 한다. 어렵다고 좌절만 할 순 없다.

권투를 할 때도, 노래를 부를 때도 혼자와의 싸움에서 지치는 시기가 찾아오곤 했다. 외로움을 받아들여야 했고, 그 쓸쓸한 시간들은 결국 보람 있는 성과로 되돌아와 주었다. 일부러 외롭게 지내고자 한 적은 없었지만, 더 나은 성장을 위해 삼켜야 할 시간이라고 생각했다.

TV 뉴스에 나에 대한
소식이 등장했고,
예능 프로그램에서
섭외 연락이 왔다.
내로라하는 국내 아이돌과 해외
아티스트의 컬래버레이션
제안도 이어졌다.
그중에서 나를 가장 당혹하게
만들었던 변화는
〈제시의 쇼!터뷰〉 출연과 팝가수
제이슨 데룰로와의 발리 투어였다.
내가 할 수 있는 일은 어디까지일까.
많은 생각을 하게 만들었고, 결국
한 단계 더 성장하는 계기가 됐다.

변화를 존중하는 법

　　팔로워가 3,000만 명을 넘어설 즈음부터였던 것 같다. 공중파 TV 뉴스에 내가 '화제의 인물'로 소개됐다. 물론 틱톡 플랫폼 자체의 영향력이 보다 커진 데 대한 긍정적 반응들이었다. 우리나라에서 방탄소년단 다음으로 많은 팔로워를 가진 틱톡커가 다른 연예인도 아닌 낯선 청년이라는 사실이 신기했을 수도 있다. 내로라하는 국내 아이돌과 해외 아티스트의 컬래버레이션 제안이 이어졌다. 신문 인터뷰를 했고, 잡지 화보 촬영도 했다. 공중파부터 케이블 방송까지 섭외 연락이 왔다.

〈월간 커넥트〉의 소개 영상. 틱톡 편은 13분 33초부터다.

그즈음 내 저작권 수익으로만 월 3만 3,000달러(약 4,000만 원) 수준이 나왔다. 이것은 내가 다른 것을 한 게 아닌, 오로지 틱톡 영상만 만들었을 뿐인데 나온 수익금이었다. 별도로 진행하는 광고 수익까지 합치면 나의 경제 수준은 1년 전과 비교했을 때 드라마틱하게, 그것도 대하드라마 급으로 변한 셈이었다.

그런데 나는 크게 동요하진 않았다. 일상 속에선 좀 둔감한 편이라서 갑작스러운 변화들을 대수롭지 않게 차분하게 일 처리하듯 넘기는 편이다. 그러다 보니 그 큰 변화들을 겪으면서도 감흥이 크진 않았던 것 같다. 뿌리 깊은 나무일수록 흔들리지 않고, 줄기도 잘 자란다. 나는 흔들림 없이 잘 뻗어나갈 준비를 하고 싶었다. 항상 기획만 잘 되어있다면 무슨 일이든 잘 해낼 수 있다고 믿었다. 내게 몰아닥친 변화를 새로운 기획과 함께 발전할 기회로 삼아야 했다.

그 무수한 변화들 가운데 나를 가장 당혹하게 만들었던 사건은 가수 제시가 진행하는 예능 인터뷰 유튜브 방송 〈제시의 쇼!터뷰〉 출연과 세계적인 팝가수 제이슨 데룰로(Jason Derulo)와 함께한 인도네시아 발리 투어였다. 두 만남은 이전에 했던 다른 모든 프로젝트 중에서도 나 자신에게 특히 더 많은 생각을 하게 만들었다. 지금까지는 내가 기대하는 목표나 꿈을 묻는 이들에게 '팔로워 5,000만 명'이라고 명쾌하게 대답하곤 했다. 그런데 그다음은 무엇일까? 〈제시의 쇼!터뷰〉가 만들어지는 시스템을 목격하고, 발리에서 체계적으로 제이슨 데를로와 컬래버레이션을 진행하며 다양한 생각이 오갔다.

틱톡 팔로워와 조회 수보다 오래도록 이 즐거운 틱톡 생활을 이어나갈 수 있게끔 안정적인 구조를 만들어야 한다는 결론에 닿았다. 다음 단계를 준비해야 할 때인 것이다. 결국 변화를 받아들이며 한 단계 성장하는 계기가 됐던 것 같다. 소셜 미디어의 크리에이터뿐 아니라 또 다른 차원의 콘텐츠 개발자 혹은 프로페셔널한 아티스트로서 보폭을 넓혀가고 싶었다. 내 사업에 대한 꿈을 그려보기 시작했다.

설렁나다
내 삶의
주인공

Make it count!
매 순간을 소중히 하라!
그리고 모든 순간을
소중히 즐기자!

말하는 대로?
즐기는 대로!

　지난 9월 휴고 보스(HUGO BOSS)의 밀라노 패션쇼에 초
대받은 적이 있다. 실제로 해외 출장을 가면 타이트한 일정 탓에
쉴 틈이 거의 없는데, 콘텐츠 영상을 촬영하기 위해 밀라노 대성
당(Duomo di Milano) 주변으로 이동했을 때 모처럼 여행하는 기분
이 들었다. 그런데 놀라운 일이 벌어졌다. 노란 머리와 파란 눈
을 가진 외국인 청년이 나를 향해 "마마", "원정~!"을 외치는 게
아닌가. 나는 두오모광장(Piazza del Duomo)에서 나를 알아보는 외
국인들과 수없이 인사를 나눴다. 사인 요청을 받고 사진도 함께
찍으며 해외에서 더 '먹어주는' 틱톡 파워를 실감하기도 했다.

　요즘은 우리나라에서도 어쩌다 번화가에 나서면 제법 나
를 알아보는 시선이 다가온다. 얼마 전 "사람들이 많이 알아봐
요?"라는 댓글을 본 적이 있는데. 어느덧 존재감을 꽤 체감하고
있을 정도라고 대댓글을 달아주고 싶었다. 서울의 거리에서 나
를 알아보는 친구들을 만나면 더욱 반갑다. 틱톡을 써본 사람이

라면 원정맨을 모를 수 없지! 해외와 비교하면 상대적으로 2000년 이후에 태어난 어린 친구들이 많다는 게 다르긴 하다. 대부분 틱톡 이용자들이지만, 유튜브와 인스타그램 릴스에서 나를 봤다며 손을 흔들어주는 이들도 많다.

남들이 알아봐준다고 허세를 부릴 건 아니지만, 이 반가운 변화들을 즐기려 하는 편이다. 내 콘텐츠에 달린 좋은 댓글을 보면 팬 계정을 찾아가 '맞팔'해준다. 고마워서, 또 반가워서 진심에서 우러나오는 반작용이다. 좀 간지럽지만, 댓글창에서 '틱톡으로 유일하게 성공한 사람'이라는 문장을 목격했을 땐 정말 뿌듯했다. 재미있고 좋으니까, 또 다음 콘텐츠를 궁리하게 된다.

●●●

나는 좋아하는 일을 위해 노력하고 싶다. 권투가 좋아서 아마추어 복싱 대회에 나갔고, 노래가 좋아서 대학 밴드부 보컬을 맡았으며, 틱톡이 좋아서 하루에 두 번 꼬박꼬박 15초짜리 콘텐츠를 만들며 웃었다. 재미로 시작한 일이지만, 그 재미를 유지하면서 계속 즐기며 살아갈 힘도 얻었다. 지금 뭘 해야 할지 모르겠다는 친구가 있다면 가장 좋아하는 일을 하라고 얘기해주고 싶다. 원정맨이 아무 노력 없이 성공을 이룬 케이스는 아니다. 외로울 때도 많았다. 남들이 걸어가지 않은 길 위에서 개척하듯 방향을 찾아 나아가는 일은 때로 고독했다. 하지만 좋아하는 일을 하니까, 그 외로움도 견딜 만했고, 고단함도 즐거웠다고 자신 있게 말할 수 있다.

똑같이 영상 콘텐츠를 만드는 일이라도 나에게는 숏폼이 맞았다. 유튜브 채널을 통해 10분 이상의 긴 영상도 만들어봤지만, 왠지 '나다움'을 찾을 수 없었다. 당연히 호기심은 재미로 이어지지 못하고, 시들해졌다. 결국 긴 형태의 콘텐츠는 나와는 맞지 않는 것으로 결론을 내리고, 나는 내가 잘하는 것에 더 집중하기로 했다. 숏폼에 집중하고 싶었다.

말에는 책임감이 따른다고 생각하기에 내뱉은 말은 지키려 하는 편이다. 틱톡커로서 지금처럼 우리나라를 대표할 수 있는, 전 세계에서도 인지도 있는 틱톡커로 남고 싶다. 나의 인생 영화 〈타이타닉〉에 이런 대사가 나온다.

"Make it count!"

"매 순간을 소중히 하라"는 의미다. 영화를 보다가 이 대사를 듣고 나는 전율했다. 굳이 살짝 보태어 다시 말한다면, 매 순간을 소중히 즐기자고 이야기하고 싶다. 이것이 5,000만 팔로워를 얻은 틱톡커 원정맨의 노하우일 수도 있다.

모두가 나를
좋아할 순 없다는
사실을 잘 알고 있다.
스트레스를 아예 안 받는
성격은 아니다.
그러나 그때그때
잘 풀어내려 한다.

글로벌 인플루언서
너머의 고단함

얼마 전까지 살이 빠져서 주위의 걱정을 사기도 했다. 지난해에 비해서 4kg이 갑자기 빠졌을 땐 나도 적잖이 놀랐다. 바빠지면서 운동할 여유조차 없었다. 다행히 최근엔 억지로 운동할 시간을 만들었더니 조금씩 살이 붙고 있다.

팔로워 수가 많아지다 보니 모두를 만족시키고 싶고, 기대를 충족시키고 싶고, 또 매일 다른 모습을 보여주고 싶다는 마음과 함께 압박감이 따라붙기도 한다. 5,000만이라는 엄청난 팔로워 숫자와 조회 수에 대한 기대가 스트레스로 밀려들 때도 있다. 작년 말 즈음에는 주변 시선에 대한 부담도 엄청났는데, 지금은 좀 가라앉았다. 마음을 처음처럼 내려놓으니 편안해졌다. 부담감이 아예 없을 순 없다는 것도 잘 알기 때문에 별수 없이 영상 콘텐츠를 최대한 열심히 만드는 방법밖에는 없는 것이다.

스트레스를 줄 만한 악플은 거의 없었다. 사실 내가 대단한 스타도 아니어서 신경 쓸 만큼 고질적인 악플에 시달려본 적은 없다. 틱톡을 시작할 즈음 만들었던 영상에 왜 이렇게 오글거리냐는 댓글이 달린 적이 있긴 했지만, 그걸 보곤 오히려 오기가 발동해서 틱톡을 제대로 파고드는 계기가 됐다. 그래서 기억이 남는 정도다. 사실 틱톡 플랫폼에서는 불편한 댓글을 손쉽게 삭제할 수 있다. 외모 비하처럼 함부로 내뱉는 단순한 악플도 하나하나 읽어보며 웃어넘긴다. 그럼에도 신경 쓰이는 대목이 눈에 띈다면 주저 없이 지워버린다. 모두가 나를 좋아할 순 없다는 사실을 잘 알고 있으니까. 악플에 상처를 받은 적은 없지만, 스트레스를 아예 안 받는 성격은 아니어서 그때그때 잘 풀어내려 애쓰고 있다.

일정 탓에 스트레스를 받는 일이 늘기는 했다. 올 들어 일정이 많아지면서 영상 아이디어를 구상할 시간조차 모자라게 되니 스트레스가 밀려왔다. 미주와 유럽을 오가는데 인천공항에서 집에 들르지도 못한 채 관련 미팅만 하고선 다시 비행기를 옮겨 타야 하는 경우가 생기니 몸과 함께 마음도 무거웠다. 해외 일정이 꾸준히 늘어나는데, 한국에서의 다른 일정을 누가 대신해줄 수도 없어서 할 일이 계속 쌓여만 가니 불안할 때도 있었다.

이럴 때 역시 초심을 찾는 게 답인 듯하다. 사적으로 깊숙이 들어오는 일부를 제외하곤 관심 갖고 바라봐주는 모든 시선에 감사하고, 확대되는 일정에 긍정적인 에너지를 느끼는 것이다. 주어진 변화를 당연한 것으로 받아들여선 안 된다.

●●●

그래도 쌓이는 스트레스를 풀어야 할 때는 방을 걷는다. 나만의 스트레스 해소 방식인데, 멀리 나가 산책하는 것보다 좁은 방 안을 천천히 걷는 걸 좋아한다. 어려서부터 쳇바퀴 돌듯 방 안을 계속 걸으며 생각에 잠기는 습관이 있었다. 헬스장에 가서 러닝을 하지는 않는다. 시도는 해봤지만, 사람들이 복닥거리는 헬스장에선 오히려 잡생각이 밀려왔다. 마음의 정리가 필요할 때 내겐 조용히 방 안을 걷는 게 특효약이다. 그래도 나아질 기미가 보이지 않는다면, 자리를 틀고 앉거나 누운 채로 명상에 잠긴다. 역시 심신의 안정을 찾는 비법이다. 맨몸운동을 하며 풀어내기도 한다. 땀 흘리는 동안 머릿속이 좀 비워지고 에너지가 충전된다. 물론 더 복잡한 문제라면… 다 잊고 친구와 술 한잔하며 어울리는 게 해결책이다.

스트레스는 그때그때 풀어내는 게 중요하다. 당장 풀리지 않더라도 여유를 찾는 게 관건이다. 스트레스 따위에 무너질 순 없지 않은가! 책을 만드는 일처럼 최근 관심을 기울이는 몇몇 프로젝트를 준비하면서 어떻게 하면 차근차근 잘할 수 있을지가 요즘은 가장 큰 고민거리가 되었다.

셀렘난다
내 삶의
주인공

머릿속이
복잡할 때
친구들과 소주잔을
기울인다.
술 한잔 한다고 일이
해결되는
건 아니지만,
복잡한 문제를
해결하고자 하는
용기를 얻는다.

소주 한잔

나의 일상은 단조롭다. 10시쯤 일어나서 간단히 아침 식사를 하고, 헬스장에 다녀온다. 점심 식사도 간단히 먹고 종일 콘텐츠를 준비하고 영상을 찍는다. 2~3시쯤 잠들기 전까지, 아니 밥을 먹고 운동을 할 때도 콘텐츠에 대한 아이디어를 찾고 트렌드를 분석한다. 그 외 프로젝트에 따른 회의가 있거나 해외 일정이 생기면 그제야 나의 일상은 변경차선을 달린다. 절친한 친구들은 안다. 15초 안팎의 영상을 완성하기 위해 24시간 일하고 있다는 표현은 과장이 아니라는 것을.

머릿속이 복잡할 때 친구들과 소주잔을 기울인다. 생각이 맑아져 좋다. 술을 마신다고 일이 해결되는 건 아니지만, 복잡한 문제를 해결하고자 하는 용기를 얻는다고나 할까. 친구들이 곁에 있어줘서 고맙다. 주종은 참이슬, 주량은 3병이다. 주사는 딱히 없다. 엄청 취하면 귀가본능이 생기는 정도다. 요즘은 바빠져서 친구들과 한잔 기울이는 정도의 일탈도 할 수 없어서 아쉽다고 느낀 적이 많다.

수익은 대부분 저축하고 있다. 주식과 부동산 투자는 해본 적이 없다. 어릴 적부터 저축하는 버릇이 있었다. 본가의 어머니에게 보내는 용돈과 생활비를 제외하면 지출이 미미한 편이다. 친구들과 밥 먹고 소주 한잔 마시는 데 사용하는 정도다.

설령 나다
내 삶의
주인공

인생에는 정해진 답이
있는 게 아니다.
나는 나만의 길을
걷고 있다.
계속 나만의 길을
걷고 싶다.

내게 롤 모델은 딱히 없다. 틱톡커로서 활동 영역을 넓히는 과정에서 내 주위에 롤 모델이 존재하기도 어려웠다. 혼자서 먼 길을 가는 듯한 기분이 들 때가 많았지만, 어느덧 내가 좋아서 시작한 일인 만큼 선구자가 되어서 누구보다 앞서 달려 나가고픈 욕구가 생겼다. 유튜브 쇼츠와 인스타그램 릴스를 함께하고는 있지만, 내가 자리 잡은 틱톡의 세계에서 더 열심히 발전해 보고 싶다는 생각이 크다.

숏폼 플랫폼 외에는 다채로운 일들을 많이 해보고 싶다. 지금 새롭게 준비하는 프로젝트들이 있는데, 게임과 의류 사업이다. 원정맨의 IP(intellectual property)를 활용한 게임은 2023년 오픈을 앞두고 글로벌 제작팀과 맹렬히 달려 나가고 있고, 기획 단계부터 참여한 의류 사업도 추진 중이다. 인생은 정해진 답이 있는 게 아니지 않은가. 새로운 시장에서 도전을 이어가고 싶다. 나만의 길을 걷고 있듯, 계속 나만의 길을 가고 싶다.

'초심을 잃지 말자'라는
좌우명을 자주 되새긴다.
항상 처음을 기억하며
열심히
살아갈 것이다.

좌우명: 초심을 잃지 말자!

혈액형: A형

MBTI: ENFJ

별자리: 전갈자리

키: 170cm

몸무게: 60kg

가슴둘레: 90cm

허리둘레: 30cm

신발 사이즈: 250mm

가장 좋아하는 색: 검정. 무난한 무채색 계열을 좋아한다.

가장 좋아하는 음식: 삼겹살

가장 좋아하는 여행지: 발리. 우붓의 여유로운 풍경이 오래도록 기억에 맴돌았다.

가장 좋아하는 영화: 〈타이타닉〉

가장 좋아하는 게임: 게임을 잘하는 편이 아니다. 단 내년에 출시될 원정맨 게임을 기대하고 있다!

가장 좋아하는 가수: 하현우

가장 좋아하는 밴드: 하현우 님이 보컬로 있는 국카스텐, 그리고 로맨틱펀치.

가장 좋아하는 운동선수: 복싱 메이웨더 선수. 스켈레톤 아이언맨 윤성빈 선수!

가장 좋아하는 맨몸운동: 물구나무서기. 균형 잡는 동안 집중이 되고, 그 자체로 명상이 된다.

가장 좋아하는 계절: 봄

가장 좋아하는 라면: 진라면

가장 좋아하는 숫자: 3. 어려서부터 이유 없이 마음에 들었다.

가장 좋아하는 고향 대구의 명소: 강정보의 산책로들. 유유자적 흐르는 낙동강을 마주한 산책로와 카페들도 여유롭게 자리하고 있다.

가장 좋아하는 서울의 명소: 루프 바 '라티튜드 21', 프렌치 느낌을 만끽할 수 있는 잠실의 소피텔 앰배서더 서울에 있다. 석촌호수와 롯데월드타워가 내다보이는 전망과 분위기가 끝내줬다.

요즘 자주 듣는 노래: 미국의 인디 록 밴드 펀(FUN)의 노래들을 듣고 있다. 기분 좋아지는 밴드 음악!

18번 노래: 어릴 적엔 더원의 '사랑아', 요즘은 하현우의 '라젠카, 세이브 어스(Lazenca, Save Us)'. 친구들과 노래방에 갔을 때 신나면 즐겨 부르는 노래다.

가장 많이 사용하는 앱: 당연히 틱톡! 그다음으로는 유튜브, 인스타그램, 일반 카메라 순이다.

인상 깊었던 책: 독서를 자주 하는 편이 아닌데, 어릴 때 읽은 이지성 작가의 《꿈꾸는 다락방》이 떠오른다. '생생하게 꿈꾸면 이루어진다'라는 의미를 가진 'R=VD'라는 개념이 흥미로웠다. 그 공식에서 R은 실현(Realization), V는 생생한(Vivid), D는 꿈(Dream)의 약자다.

종교: 없다. 명상 차원에서 불교적인 가르침('무아지경'과 '해탈' 같은!)을 공부한 적이 있다.

운전면허: 1종 보통

차종: 아직 없다.

짜장 vs 짬뽕: 어릴 땐 짜장이었는데, 요즘은 짬뽕이 좋아졌다.

물냉 vs 비냉: 비냉

5년 전의 나에게 타임머신을 타고 돌아간다면: 과거에 대해 딱히 의미 두지 않는 편이라서 그냥 지금처럼 생각하는 대로 살라고, 잘 살고 있다고 말할 것 같다. 가능하다면 로또 번호나 비트코인, 주식 종목 같은 걸 알려주지 않을까?

5년 후의 나에게 지금 하고 싶은 말: 역시 잘 해낼 줄 알았다고, 항상 새로운 걸 추구하며 도전했고, 한계를 깼으니 멋있다고 말해주고 싶다.

원래 서원정의 성격은 원정맨이 됐고, 그러다 보니 지금은 실제 내
성격이 틱톡 활동 이전에 비해 상대적으로 차분해진 것 같다. 어릴 적
남들에게도 영감이 될 수 있는 사람이 되고자 했는데, 그러한 바람이
조금씩 이뤄지고 있는 단계라고 생각한다.

대학생 시절 나는 레코딩 엔지니어를 준비했다. 수업을 들으며 선배들이
일하는 현장에 가서 인맥도 쌓아나갔다. 군대도 군악대에 지원해
다녀온지라 제법 많은 음악적 경험을 쌓을 수 있었다.

대학에 다니면서 공부와 아르바이트만 했던 것은 아니다. 음향제작을 전공으로 선택한 이유가
음악과 함께하는 삶을 살고 싶어서였던 만큼, 열심히 음악을 즐겼다. 밴드부에 가입했다. 보컬을
맡았고, 교내 행사와 버스킹을 다녔다. 가요제에 참여하기도 했다. 노래 부르며 음악 하는
동료들과 어울리는 재미, 그리고 무대에 올라 주목받는 즐거움을 알았다.

얼굴이 지금보다 앳되어 보일 것이다. 군대에서 막 전역하고 나서 보디
프로필 촬영한 결과물이다. 군대에 들어갈 때까지만 해도 마른 몸매였던
내가 군 시절 내내 열심히 또 꾸준히 운동한 덕분에 근육 체질로 변화할
수 있었다. 그래서 나만의 한계를 극복한 짜릿한 기록이기도 하다.

내게 롤 모델은 딱히 없었다. 틱톡커로서 활동 영역을 넓히는 과정에서
주의에서 롤 모델을 찾는 것은 불가능했다. 혼자서 먼 길을 가는 듯한
기분이 들 때가 많았지만, 내가 좋아서 시작한 일인 만큼 길을 개척하듯
누구보다 앞서 달려 나가고픈 욕구가 생겼다.

아무 노력 없이 원정맨으로 자리 잡은 것은 아니다. 외로울 때도 많았다.
남들이 걸어가지 않은 길 위에서 방향을 찾아 나아가는 일은 때로
고독했다. 하지만 좋아하는 일을 하니까 그 외로움도 견딜 만했고,
고단함도 즐거웠다고 자신 있게 말할 수 있다.

04

내일, 꿈

내일, 꿈

2023년엔 원정맨이 담긴
게임 오픈을 앞두고 있다.
그동안 공들여온
의류 브랜드 론칭도 기다리고 있다.
오늘도 달려간다.

서원정의 꿈, 원정맨의 드림

원정맨으로서의 최종 꿈은 사랑하는 사람들과 자유롭게 지내는 것이다. 경제적인 자유를 포함해서 마음 편히 일상을 즐길 수 있다면, 정말 행복한 삶이 아닐까? 아직 성공했다고 생각하지 않기에 더 나은 삶을 위해 나아가고 싶다. 우선 앞으로 1년은 더 두고 봐 달라고 말씀드리고 싶다.

원정맨과 서원정은 꽤 다르다. 원래 서원정의 성격은 원정맨이 됐고, 그러다 보니 지금의 서원정은 틱톡 활동 이전에 비해 상대적으로 차분해진 것 같기는 하다. 어릴 적 내 꿈의 목적지는 자주 바뀌었지만, 항상 재미있는 일을 하고 싶다는 생각만큼은 변함이 없었다. 더불어 남들에게도 영감이 될 수 있는 사람이 되고자 했는데, 그러한 바람들이 조금씩 이뤄지고 있는 단계라고 생각한다.

앞에서 슬쩍 언급한 새로운 사업 이야기를 조금 더 보태자면, 2023년에 오픈을 앞두고 있는 게임은 모바일 게임 개발사 111%의 자회사 슈퍼센트(SUPERCENT)와 IP 계약을 맺고 추진하는 글로벌 프로젝트다. 아직 정확한 출시일과 게임 제목은 정해지지 않았지만, 일회성이 아니라 오랫동안 사랑받는 게임이 되었으면 하는 마음으로 들여다보고 있다. 이미 메타(페이스북)와도 계약되어 그 광범위한 글로벌 네트워크를 활용할 수 있게 됐으니 누구에게나 접근성 좋은 게임이 되지 않을까 싶다. 내 IP를 활용한 게임이 출시된다니 일단 영광이고, 게임 회사와 유저까지 즐거운 마음으로 서로 '윈윈'할 수 있도록 노력 중이다.

현재 마플샵(marpple.shop/kr/ox_zung)을 통해 의류와 폰케이스, 키링과 같은 굿즈를 선보이고 있다. 그런데 원정맨 이미지를 활용한 굿즈는 시작에 불과하다. 별개의 독자적인 의류 브랜드를 곧 선보일 계획이기 때문이다.

2023년 패션 브랜드 론칭을 앞두고 있다. 너무 패셔너블한 옷이 아닌 남녀노소 누구나 일상에서 즐겨 입을 수 있는 기분 좋은 캐주얼 중심이 될 예정이다. 물론 트렌드를 담는 것은 당연하다. 다채로운 컬래버래이션을 열어두면서 브랜드의 확장성도 모색하고 있다.

우선은 후드 티셔츠와 스웨트셔츠(맨투맨)를 비롯한 편안한 스타일의 의류들을 준비하고 있다. 화려하게 유행하는 패션은 잘 모르지만, 접근성 있는 일상복과 여행지에서도 멋지게 소화할 수 있는 편안한 캐주얼에는 언제나 관심이 많았다. 분명 내 스타일의 편한 옷을 환영해주는 사람들도 있지 않을까? 이름만 내걸고 빠지는 게 아니다. 오랫동안 관심을 두었던 사업 분야여서 지난 3월 기획 단계부터 원단 업체, 제작 공장을 둘러보는 일 등등을 챙겨가며 단단히 준비해왔다. 2023년 독자님과 팔로워 모두에게 뿌듯한 마음으로 선보일 날이 올 듯하다.

● ● ●

게임도 그렇지만, 의류 사업 역시 혼자였다면 엄두도 내지 못했을 일이다. 생경한 프로젝트를 거듭할 때마다 내 주위를 감싸고 있는 많은 이들에게 고마운 마음이 깊어진다.

숏폼 크리에이터에서 멈출 수는 없다. 나만의 브랜드를 키우고 싶고, 즐길 수 있는 사업을 하기 위해 시야를 넓혀야 한다고 생각했다. 뭔가 꾸준히 할 수 있는 견고한 일이 생긴다면 틱톡을 더욱 즐길 수 있지 않을까?

지난해 틱톡 본사로부터
골드어워드를 받았다.
전 세계 첫 번째 골드어워드
수상자라는 의미가 더해졌다.
틱톡 크리에이터로서 이보다
더한 영광이 있을까!
즐거움판큼 책임감도 밀려왔다.

초등학생 시절엔 상장을 제법 손에 쥐었다. 늘 성적이 좋았고, 예체능 방면으로 소질도 많아서 우등상부터 백일장 수상까지 매년 부모님을 기쁘게 해드릴 만큼 많은 상을 받았던 기억이 난다. 중학교 때까지도 공부는 곧잘 해서 성적은 매번 반에서 1~3등을 유지했다. '방과 후 학교'도 더 진행하는 등 학업에 충실한 편이었다. 그런데 고등학생이 된 후로 내게 상복은 찾아오지 않았다. 초등학교처럼 상장 수여에 너그러웠던(?) 분위기는 사라졌다.

　그런데 틱톡을 하면서 상복이 터졌다! 틱톡 코리아에서는 계정마다 국내외 조회 수를 기반으로 공유 수와 영상 업로드 횟수를 더해 매해 상을 수여하고 있다. 카테고리별로 매월 상위권 순위를 발표하고, 3개월마다 1등을 뽑고 있다. 그 '틱톡 코리아 크리에이터 시상식'에서 나는 계속 1등으로 선정되어 왔다.

지난해에는 틱톡 본사로부터 골드어워드를 받기도 했다. 골드어워드 상패가 남다르게 느껴진 이유는 내가 전 세계 1호 수상자라는 사실 때문이었다. 그동안 틱톡에서는 유튜브와 같은 실버버튼, 골드버튼 제도가 없었지만 최근 들어 비슷한 느낌으로 개인 크리에이터를 지지하고 응원하는 골드어워드 제도가 생긴 것이다. 그런데 수상 소식을 처음 접했을 당시엔 뛸 듯이 기뻤지만, 막상 '001'이라는 번호가 새겨진 골드어워드 상패를 받고 보니 정말 어깨가 무거워지는 것이 느껴졌다. 앞으로 계속 원정맨의 이름값을 해나가야 한다는, 피할 수 없는 무게감이었다.

2022년 카자흐스탄에서 개최된 네마(NEMA, New Era Media Awards)에서 '올해의 인플루언서(Influencer of the year)'와 '올해의 틱톡맨(Best TicTok man)'을 수상하기도 했다. 유라시아 지역에서 활동하는 크리에이터를 대상으로 하는 큰 시상식이었는데, 코로나 팬데믹이 조금 풀린 덕분에 카자흐스탄까지 직접 가서 상을 받는 영광을 얻었다. 기분 좋은 행보이자 짜릿한 경험이지만, 매번 또 다른 긴장감도 다가오곤 한다. 틱톡커로서의 재미와 책임감을 계속 이어가고, 더 발전시키고 싶은 마음이 꿈틀대기 때문이다.

상장과 상패들은 방 한구석 상자에 대수롭지 않게 보관
해 두었다. 귀한 상을 홀대하는 것은 아니고, 현재 친구들과 함
께 살고 있는데, 엄청난 자랑거리처럼 드러내기가 부끄럽다. 친
구들은 축하와 격려를 아끼지 않지만, 거실에 전시(?)하거나 내
방 한쪽 벽에라도 걸어둘 생각은 아예 하지 않았다. 조만간 이사
해서 혼자 생활할 예정인 만큼, 그즈음엔 틱톡 골드어워드 상패
를 비롯해 유튜브 골드버튼 등을 번듯하게 모셔둘 보기 좋은 장
식장쯤 구해볼 용의가 있긴 하다.

그분은 심한 우울증으로 자살을
생각하던 순간에
마지막으로 휴대폰을 들여다봤고,
우연히 내 영상을 보게 되었다고
했다.
영상이 너무 재미있어서
죽음에 대한 생각을 잊게 됐다는
사연을 듣고 보니
그저 놀라웠다.
'영향력'이라는 단어를 새삼
떠올렸다.

좋은 문화와 환경을
만들고 싶다

최근 구상하는 것 가운데 하나는 기부하는 콘텐츠다. 실현이 될지는 더 기획을 해봐야겠지만, 아직 세상이 따뜻하다는 것을 알려주는 분들을 후원하는 기부 콘텐츠를 그려보고 있다.

사실 내가 만드는 콘텐츠가 어떠한 효과를 낼 것이라고 기대해본 적은 많지 않았다. 공감하며 함께 즐겨주길 바라는 정도였던 것 같다. 그런데 올해 초 오랜만에 대면 강연에 나섰을 때 그곳을 찾아오셨던 팔로워 한 분과 만난 적이 있다. 그분은 심한 우울증으로 자살을 생각하던 순간에 마지막으로 휴대폰을 들여다보았고, 우연히 내 영상을 보게 되었다고 했다. 영상이 너무 재미있어서 죽음에 대한 생각을 잊게 됐다는 사연을 듣고 보니 그저 놀라웠다. '영향력'이라는 단어를 새삼 떠올렸다. 말할 때 몸을 떨면서 불안정한 모습을 보이던 분이었던지라 나는 강연을 끝내고 다시 몇 마디를 나누며 응원의 마음을 전했다.

그런데 그 만남이 오히려 나에게 어떤 힘을 전해주었다. 어떤 좌절 앞에서 다시 일어선 팔로워의 모습 자체가 감명 깊어서 앞으로 더 좋은 영상들을 꾸준히 만들어야겠다는 다짐을 몇 번이고 되풀이했던 기억이 난다. 누군가에게 좋은 영향을 미칠 수 있는 사람이 되었다는 게 감사할 따름이다.

●●●

내가 어릴 때만 해도 친구들과 여럿이 어울리며 지내는 분위기였는데, 요즘 청소년들은 모바일 기기의 발달 등으로 인해 더욱 개인화되고 있다는 걸 느낀다. 나 혼자 행복한 것도 중요하지만, 조금 나아가서 다른 이들의 행복을 응원해줄 수 있는 사람이 된다면 그 행복은 더 큰 포만감으로 돌아온다고 생각한다. 그렇게 행복으로 배부른 삶을 위해 노력하고 싶다. 다시 낭만이 숨 쉬던 예전처럼 사람들과 어울리며 소통하는 문화를 만들고 싶다. 맡고 싶은 역할은 즐거운 낭만이 느껴지는 사람이다. 누구라도 나를 보면 곁에서 어울리고 싶어지는 친근함과 건강함을 나누고 싶다.

나는 운이 좋았다고 생각한다.
운칠기삼(運七技三)이라는
말처럼 나는 좋은 운을 맞았다.
그런데 그 운을 보고 밀어붙인 건
나의 몫이었다.
흘러가 버릴 수도 있는 운을
잡으려면
준비를 해둬야 한다.

나의 운칠기삼

나는 운이 좋았다고 생각한다. 운칠기삼(運七技三)이라는 말처럼 나는 원정맨과 함께 좋은 운을 맞았다. 그런데 그 운을 보고 밀어붙인 건 순전히 나의 몫이었다. 조바심 내는 사이 흘러가 버릴 수도 있는 운을 잡으려면 준비를 해둬야 한다. 운을 잡는 게 중요하다. 뭔가 하지 않으면 결과가 없다.

나는 계속 도전할 것 같다.

지금 스물일곱이지만, 50살이 되어도 무언가에 도전하고 있을 것 같다. 틱톡을 그때까지 계속할 수도 있다. 그리고 그때가 되면 뭔가 그때만의 재미가 또 생길 것만 같다. 그때의 운을 놓치지 않기 위해 차근차근 준비해둘 생각이다.

앨비스 프레슬리가 3~4분짜리 한 곡으로 세계인의 사랑을 받았던 것처럼, 나는 15초짜리 콘텐츠로 글로벌한 지지를 얻고 있다.

사실 정장을 차려입는 일은 드물다. 최근 휴고 보스의 초대로 밀라노에
갔을 때 맞춤 슈트를 입고 행사장을 방문했다. 정장 차림은 좀
어색하지만, 새로운 '나'를 만나는 즐거움을 찾을 수 있었다.

'초심을 잃지 말자'라는 좌우명을 자주 되새긴다. 주위의 시선이
부담스럽거나 힘겨울 때도 항상 처음을 기억하며 열심히 살아야 한다는
문장을 마음속으로 반복해 읊조린다.

"Make it count!" 가장 좋아하는 영화 〈타이타닉〉에 등장하는 대사다.
"매 순간을 소중히 하라!"는 의미인데, 주어지는 모든 순간을 소중히
즐기고 싶다.

올해 말 이사를 하기로 했다. 어느 지역에 살고 싶다거나 특정 형태의
주택 구조를 선호하지는 않는다. 그래도 단 하나, 탁 트인 시야를 가진
전망 좋은 집에서 살고 싶다. 아직은 계속 고민 중이다

2022년을 되돌아본다면 큰 목표는 틱톡 팔로워 증가였다. 그래서 놓치는 부분이 있을 수 있었다. 앞으로는 더 할 수 있는 부분들, 나의 가치를 더 확장할 수 있는 분야들에 대해 도전해볼 생각이다.

나이쓰!
화창한 화보 촬영
D-day

이번 책을 만들기로 하면서 한 달 전부터 미리 스케줄을 비워둔 화보 촬영날이었는데, 막상 날짜가 코앞으로 다가오니 걱정스러웠다. 입어야 할 옷이 10벌이 넘고, 아침 10시부터 하루 내내 고단한 촬영이 이어질 것이라는 예고(?)에 긴장감이 느껴졌던 것이다. 더욱이 나는 영상 속에 사는 사람인지라 고정된 프레임 촬영에는 늘 어색해하곤 했다. 전날 평상시처럼 틱톡 영상을 촬영하고 새벽 5시가 다 되어서 잠들었는데, 8시쯤에 기상해야 했다. 보통 10~11시쯤 일어나지만, 10시까지 성수동에 있는 스튜디오로 가야 했다.

10시에 맞춰 스튜디오에 도착했을 때 공간은 어수선했다. 빈티지한 감성이 잔뜩 묻어나는 공간 곳곳에는 생각보다 많은 스태프가 분주히 움직이고 있었다. 오늘 내가 입어야 할 의상들이 행거에 차곡차곡 걸려 있고, 번갈아 착용할 신발들과 액세서

리들도 도열해 있었다. TV에서도 본 적 있는 박만현 스타일리스트의 지휘 아래 스태프들이 착장을 논의하는 동안, 나는 메이크업을 하고 헤어 손질을 받았다. 다행히 의상들과 메이크업, 헤어까지 '어색하지 않고 자연스러운!' 콘셉트여서 거부감은 없었다.

그러고는 정말 빠르게 시간이 흘렀다. 촬영 콘셉트를 설명받고, 옷을 갈아입고, 사진을 촬영하고, 모니터를 확인하고… 점심 식사를 하는 1시간을 제외하곤 부단히 촬영이 이어졌고, "마지막 촬영입니다!"라는 스태프의 목소리를 듣는 순간 오후가 지나고 있다는 사실을 눈치챘다. 오랜만에, 정말 재미있었다. 내가 모델도 아닌데 잘할 수 있을까 염려했던 마음은 사진작가와 스타일리스트, 헤어·메이크업 실장님들의 프로페셔널한 포스에 힘입어 즐거운 경험의 순간들로 채워졌다. 다들 잘해줘 나는 따르기만 했는데도 흡족한 결과물이 나왔다. 무슨 수상 소감 같지만, 나를 위해 애써준 모든 스태프에게 진심으로 고마운 마음을 전하고 싶다. 땡큐~!

스타일리스트: 박만현

사진가: 김경수

헤어: 문상호

메이크업: 서안

장소: 싸우나스튜디오

아직 성공했다고 자만할 수 없다. 5,000만 팔로워를 가진 세계 10위권 틱톡커라는 놀라운 성과를 써내려가고 있지만, 나에겐 그저 오늘도 재미있는 일을 하고, 틱톡으로 만나는 친구들과의 만남을 넓혀갈 뿐이다.

조금은 장난스런 표정으로 포즈를 취했다. 요즘 길거리에서 부쩍
알아보는 시선이 많아졌다. 누구에게나 친근한 존재이고 싶다.

"저, 책 읽는 거 좋아해요!"라고 말하면서도 자꾸 시선이 창 너머로
향하는 이유는 뭘까? 무겁지 않은 책이 좋고, 나의 첫 책도 사람들에게
무겁지 않게 다가갈 수 있기를 바란다.

그냥 남들에게 재미를 주는 것 자체가 너무 좋았다. 금전적인 것은 그로 인해 자연스럽게 따라온 것이고, 지금도 남들에게 틱톡을 통해 좋은 콘텐츠를 보여줄 수 있다면 그 자체가 내겐 행복이 아닐까? 남들과는 다른, 팔로워와 거리감이 느껴지는 크리에이터가 아닌 항상 친근감 있게 다가서고, 계속 보고 싶게 만드는 크리에이터가 되고 싶다.

5,000만 팔로워들이 사랑해주는 이유는 남들에게 재미를 주는, 엔터테인먼트한 콘텐츠를 잘 만들어서일 것이다. 영상에 대한 반응이 좋지 않다고 해도 좌절하지 말고, 영상이 실패한 데는 그러한 이유가 다 있는 법이니 그 영상을 토대로 앞으로 더 나은 영상, 더 나은 포인트들을 찾으면 된다. 실패했다고 생각하기보다 경험을 통해서 새로운 피드백을 얻었다고 생각하면 마음속 깊은 곳에서 더욱 힘이 난다.

처음 10만 뷰를 넘겼을 때도 엄청 신기했지만, 1억 뷰를 넘긴 순간 진짜 틱톡을 열심히 해봐도 좋겠다는 확신을 얻었다. 첫 1억 뷰 영상이 2020년 12월 25일 크리스마스였는데, 정말 크리스마스 선물을 받은 것같이 행복했다!

어느덧 5,000만 팔로워를 얻었고, 제법 큰 수익도 얻었지만, 사실 나 서원정 자체는 변함이 없다. 분위기에 휩쓸리지 않으려 노력하는데, 주변에서 바라보는 시선이 조금 변한 것 같아 흔들리지 않는 모습을 보여야겠다는 다짐도 한다. 원래 알고 지내던 친구들은 나에게 큰 변화 없이 대하는데, 최근 들어 새롭게 만나는 이들은 나를 보면 신기해하는 것이 나 역시 신기하다. 그 낯선 반가움 역시 감사하게 여기고 있다.

언론 인터뷰와 잡지 화보 촬영을 하고, 가끔 예능 프로그램에도 나가며, 강연 무대에도 오르지만, 여전히 나에겐 모든 촬영의 기준점이 틱톡이다. 숏폼 플랫폼에 대해서 좋은 시선과 이미지를 심어주고 싶기에 내가 더 노력하고 더 열심히 해야 한다고 생각했다. 실제로 방송 촬영이라는 것은 아주 어색하긴 했지만, 촬영해주시는 분들이 다들 친절히 잘 대해주셔서 모든 과정이 재미있게 잘 마무리되곤 했다. 수익에만 초점을 맞추는 미디어의 홍보 문구는 어쩔 수 없는 부분이라고 생각한다. 그렇기에 보다 긍정적인 임팩트를 다채롭게 심어주기 위해 더 열심히 달려 나가야겠다는 다짐도 한다.

● ● ●

마지막으로 항상 내 영상을 보며 재미있게 웃고 지지해주는 분들에게 다시 한번 진심으로 감사하다는 말씀을 전하고 싶다. 원정맨이라는 존재는 나 혼자서 이룬 게 아닌 여러분들이 만들어준 존재이기에, 항상 팔로워분들을 위한 영상을 만들어갈 것을 다짐한다. 더 좋은 콘텐츠를 만들도록 꾸준히 노력할 것이다.

약속하겠다! 항상 감사하며, 겸손하게 책임감을 갖고, 처음과 같은 모습으로 다가갈 것을. 틱톡은 더욱 재미있게 채워나갈 자신이 있다. 곧 다가올 2023년에도 무엇을 하든 즐길 준비도 되어 있다. 이 자리를 빌려 늘 마음으로 응원해주시는 어머니와 친구들, 순이엔티 가족 모두에게 감사의 인사를 전한다.

화보 05 | 틱톡과 함께 땡큐!

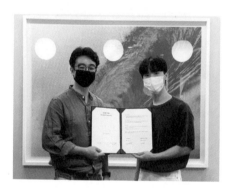

2022년 6월 모바일 게임 개발사 111%의 자회사 슈퍼센트와 전략적
파트너십을 체결했다. 2023년에 오픈을 앞두고 있는 게임은 IP 계약을
맺고 추진하는 글로벌 프로젝트다. 아직 정확한 출시일과 게임 타이틀은
정해지지 않았지만, 일회성이 아니라 오랫동안 사랑받는 게임이
되었으면 하는 마음으로 들여다보고 있다.

2022년 카자흐스탄에서 개최된 네마(NEMA)에서 나는 '올해의
인플루언서'와 '올해의 틱톡맨'을 수상했다. 유라시아 지역에서 활동하는
크리에이터를 대상으로 하는 큰 시상식이었는데, 한국인 크리에이터가
7명 참여해 수상하는 저력을 보였다.

나를 비롯해 순이엔티 소속 크리에이터로 활동 중인 시아지우, 창하,
리나대장이 제58회 대종상영화제 앰버서더로 선정됐다. 한국영화의
위상이 높아지면서 영화제 또한 글로벌 홍보가 필요하다는 판단에 의해
앰버서더 최초로 틱톡 크리에이터가 선정된 것이라고 한다.

2022년 여름에는 이탈리아 명품 브랜드 휴고 보스와의 컬래버레이션
작업을 위해 밀라노에 다녀왔다. 휴고 보스의 멋진 슈트를 맞춰 입고
밀라노 패션쇼를 지켜보기도 했는데, 잠시 짬을 내 두오모광장에 나갔을
땐 나를 원정맨으로 알아보고 다가오는 외국인들과 수없이 인사를
나눠야 했다.

틱톡 크리에이터로서 2022년 10월에 펼쳐진 '2023 S/S 서울패션위크'에도 참여했다. 사실 화려한 하이엔드 패션은 잘 모르지만, 접근성 좋은 캐주얼 의류에는 오래전부터 관심이 많았다. 분명 내 스타일의 편한 옷을 환영해주는 사람들도 있지 않을까?

'순이엔티 크리에이터 파티'에 참석한 모습. 소속 MCN인 순이엔티로부터
적극적인 도움을 받고 있다. 틱톡과 관련된 광고와 행사를
프로페셔널하게 유치해주는 것은 물론 스케줄 조절, 새로운 프로젝트
제안 등 혼자의 힘으로 풀어나가기엔 버거웠던 고민들이 덜어지는 듯한
느낌이다.

사진은 에버랜드에서 펼쳐진 핼러윈 컨셉트의 파티 모습이다. 요즘은 우리나라에서도 나를 알아보는 이들이 많아졌다. 틱톡을 사용해본 사람이라면 원정맨을 모를 수 없지! 유튜브와 인스타그램 릴스에서 봤다며 손을 흔들어주는 이들도 많다.

인터뷰는 언제나 쉽지 않다. 하지만 틱톡커로서 느끼는 재미와 책임감에 대해 더 많은 사람에게 긍정적인 에너지를 전달하고 싶기에 적극적으로 응하는 편이다.

때로 혼자와의 싸움에서 지치는 시기가 찾아오곤 한다. 외로움을 받아들여야 했고, 그 쓸쓸한 시간들은 결국 보람 있는 성과로 되돌아와 주었다. 일부러 외롭게 지내고자 한 적은 없었지만, 더 나은 성장을 위해 삼켜야 할 시간이라고 생각하고 있다. 사진은 밀라노 촬영 현장이다.

부록: 틱톡 is 원정

—— 원정맨의 틱톡 가이드

mama!

틱톡 함께하기 01 :
따라 하면서 친구가 된다

|||||||||||||||| ✦ ✦

독자님들의 궁금증을 좀 더 구체적으로 해소해주기 위해서라도 이 지면에서는 틱톡 활용에 대해 구체적으로 귀띔해볼까 한다. 이 내용을 보고 자신만의 플레이에 성공했다면 정말 기쁠 것이다. 글로는 다 적어두었지만, 더 자세한 자료들은 〈클래스101〉의 발자취들을 확인해보자! 비슷한 고민을 하던 분들께 피드백을 전하고 있다.

원정맨 〈클래스101〉

본격적으로 이야기를 풀기에 앞서, 이러한 플랫폼 활동에 있어서 정해진 답이 있는 것은 아니며, 모든 크리에이터가 자신만의 가치관으로 다르게 활동하고 있다는 사실을 얘기해두고 싶다. 나의 개인적인 견해와 경험 속에서 독자님들께서 필요한 부분만 잘 '캐치'해 자신의 플레이에 적용할 수 있기를 바란다. 그렇다면 누구라도 유의미한 결과물을 빠르게 도출할 수 있을 것이다.

⚡ 틱톡 앱을 다운로드하세요!

가장 먼저 해야 하는 일은 당연히 틱톡 애플리케이션을 다운로드하고, 회원가입을 하는 것이다. 전화번호나 카카오톡, 이메일 등 여러 가지 방법으로 가입할 수 있는데, 무엇으로 해도 상관없다.

틱톡에 가입하면 '피드'로 들어오는데, '팔로잉'에는 자신이 팔로우한 사람의 콘텐츠만 뜬다. 그리고 '인기'에는 지금 가장 핫한 영상들, '추천'에는 무작위로 알고리즘을 탄 영상들이 올라온다. 콘텐츠를 위로 쓸어 올리면 계속 새로운 영상을 볼 수 있다. 화면 오른쪽에는 좋아요, 댓글, 즐겨찾기, 공유 탭이 보일 것이다. 공유를 누르면 콘텐츠를 친구와 공유할 수 있다. 아래에는 친구 영상, 녹화, 알림, 프로필 탭이 보일 것이다. 홈 버튼은 한

번 더 누르면 '새로고침'할 수 있다.

오른쪽 하단의 동그란 원형 탭은 '사운드'로, 클릭하면 해당 콘텐츠의 사운드를 사용한 다른 영상들을 쭉 볼 수 있다. 여기서 같은 음원을 사용한 영상이 모두 몇 개나 되는지 확인할 수 있는데, 나중에 자신이 만든 영상의 사운드를 선택할 때 유용한 정보가 된다. 마찬가지로 콘텐츠마다 해시태그를 눌러보면 해당 해시태그를 쓴 영상 목록을 볼 수 있는데, 전체 영상 개수를 살피면 추후에 자신이 만든 콘텐츠의 해시태그를 설정하는 데 도움이 된다. 홈 화면 아래 정중앙에 있는 (+)녹화 탭을 누르면 촬영 모드로 들어가서 다채로운 필터와 모드 등 촬영 기능들을 확인할 수 있다. 홈 화면 오른쪽 상단의 돋보기 이모티콘은 당연하게 검색 기능이다.

⚡ 프로필: 원정맨이라는 닉네임을 만든 것처럼

홈 화면에서 프로필 탭을 클릭해 들어가면 '프로필 편집'과 '비공개 영상', '즐겨찾기 영상', '좋아요를 표시한 영상' 등을 확인할 수 있다. '프로필 편집'에서는 회원 정보를 설정할 수 있다. '소셜'에 자신이 가지고 있는 인스타그램, 유튜브, 트위터 계정의 링크를 저장해두면 즐겨찾기 목록을 통해 공유가 쉬워진다.

프로필에서 고민할 부분이라면 계정 이름과 프로필 사진이다. 물론 뭐가 옳고 좋은지에 대한 답은 없다. 내가 시작할 당시에는 언니, 오빠, 형, 사장, 사마와 같은 수식어가 무척 많았는데, 덕분에 나도 그렇게 해야 하는 줄 알고, 실제 이름인 '원정' 뒤에 '맨'을 붙여 썼던 것이다. 요즘은 자기 이름을 그대로 사용하는 경우가 많다. 실제로 외국에서는 대부분 자기 이름을 사용한다. 더불어 나는 틱톡을 처음 시작했을 때 설정했던 이름과 프로필 사진을 단 한 번도 바꾸지 않았다. 개인적으로 중요할 순 있지만, 틱톡을 플레이하는 데 큰 의미는 없다고 봐도 무관하다. 이건 개인적인 스타일이고, '자기만족'이라고 봐도 될 듯하다.

⚡ 녹화: 필터는 자연스럽게

녹화로 들어갈 차례다. 위 중앙에 '사운드 추가' 탭이 있고, 오른쪽으로는 전환, 속도, 필터, 뷰티, 타이머, Q&A, 플래시가 세로로 도열해 있다. 실질적인 팁을 주자면 '사운드 추가'는 몰라도 된다. 여기서 사운드를 골라서 사용하는 일은 진짜 1도 없다. 속도 역시 거의 쓸 일이 없고, 필터는 솔직히 다 빼버리는 걸 추천한다. 그래야 자연스럽기 때문이다. 뷰티도 조금만 사용한다. 나는 10 정도만 사용한다. 파운데이션을 좀 넣어서 피부 톤 보정만 하는 편이다. 티 안 나게 조금씩만 해야 자연스럽다. 지나치면 안 하느니만 못하다.

붉은색 녹화 버튼 양옆으로는 화면에 효과를 넣을 수 있는 '편집효과' 탭과 영상을 바로 올리는 '업로드' 탭이 있다. '편집효과'에 들어가면 여러 효과가 나타나는데, 사실 이곳에서 효과를 직접 찾아 쓰는 일은 거의 없다. 그렇다면 효과들만 수백 개인데 어떻게 찾을까? 효과에도 '즐겨찾기' 목록이 있다. 즉 어떤 영상을 보든 사용한 효과 정보가 뜨는데, 그걸 누르고 즐겨찾기에 추가해놓은 다음 즐겨찾기 목록에서 골라 사용하면 되는 것이다. 영상을 못 찾겠고 효과 이름만 생각난다면, 검색창에 이름을 입력하고 마찬가지로 즐겨찾기에 등록한 뒤 찾으면 3초 만에 효과를 골라낼 수 있다.

녹화 버튼 위로는 15초, 60초, 3분 등 시간 설정 탭이 있으며, 그 아래로는 카메라, 스토리, MV모드 등 모드를 선택할 수 있는 탭이 있다. MV모드는 한 번도 써본 적이 없다. 그리고 '라이브'는 팔로워 수가 1,000명이 넘으면 활성화된다. 촬영한 영상을 지우고 싶다면, 녹화 버튼 옆에 생기는 삭제 탭만 누르면 간단히 없앨 수 있다.

⚡ 편집: 적용은 바로바로

영상을 찍으면 '편집' 창이 뜨는데, 필터를 사용해 효과를 넣거나 찍은 영상의 클립 길이를 조절하고, 여러 개를 찍었다면 각각의 클립 길이를 변경할 수도 있다. 소리가 있다면 음성 변조 효과, '보이스오버'로 후시 녹음을 할 수도 있다. '보정'은 거의 사용하지 않는다.

'텍스트'는 자주 쓰인다. 예를 들어 '안녕'이라는 말을 적었다면 글씨체와 색을 바꿀 수 있고, 위치를 조정하거나 음성으로 변환시킬 수 있다. 글씨가 존재하는 시간을 설정할 수도 있다. 만약 글씨가 여러 개 있다면 각각 클릭해서 바로 조정할 수 있다는 사실을 알아두자. 확인할 때의 꿀팁은 굳이 나갈 필요 없이 이 창에서 바로 재생을 누르면 곧장 확인이 가능하다는 것이다. '스티커' 는 인스타그램 스토리와 사용이 비슷하다. 유용한 스티 커를 골라 직관적으로 사진이나 영상에 자유롭게 넣을 수 있다.

⚡ 업로드: 게시 전 설정을 확인하자

촬영과 편집을 마쳤다면, '다음'을 클릭하는 것으로 '게시' 설정에 들어갈 수 있다. 맨 위에 영상을 설명하는 멘션 부분이 나오고, 해시태그와 친구를 태그할 수 있다. 미리보기와 그 밑 커버 선택에서는 섬네일 설정과 함께 콘텐츠를 꾸밀 수 있다. 영상에 링크를 추가하거나 자신 의 콘텐츠를 시청할 수 있는 사람의 범위도 설정할 수 있 다. 시청할 수 있는 사람은 '모두'로 설정해야 전체 공개 가 되며, 친구 공개 혹은 비공개로 업로드할 수도 있다. 이 부분은 영상을 올린 후 공유 목록이나 개인 정보 보호 설정에서도 변경할 수 있다.

댓글과 듀엣 허용, 이어찍기 허용 등 영상에 대한 허 용 범위를 설정할 수 있고, 그다음 '고급 설정'에 들어가 면 '디바이스에 저장'은 꺼두어도 상관없다. '고품질 업

로드 허용'은 켜두는 게 좋다. 맨 아래 '브랜디드 콘텐츠'
는 광고를 할 때 쓰이는 부분이다. 모든 설정을 마쳤다면
바로 게시를 해도 되지만, 좀 더 있다가 올리고 싶다면
'임시저장'을 해뒀다가 임시저장 목록에서 다시 바로 업
로드할 수도 있다.

⑤ 사운드 파트: 소리의 트렌드를 찾아라

가장 중요한 설정이 사운드 파트다. 미리 말해두자
면 앞서 설명한 녹화 버튼으로 영상을 찍어 바로 업로드
하는 일은 사실 거의 없다. 왜냐면 사운드로 먼저 들어가
서 '사운드 사용하기'로 바로 찍는 방식이 편리하기 때문
이다. 녹화하면서 껴 들어가는 잡음을 막을 수 있고, 원
하는 사운드부터 체크할 수 있으므로 콘텐츠 작업이 수
월해진다.

그렇다면 이미 찍어놓은 영상들에는 어떻게 사운
드를 입힐까? 이미 촬영만 해둔 영상을 틱톡에 불러오
면 소리가 없거나 특정 소리가 있을 텐데, 이럴 때 사운
드 파트에 들어가서 소리를 입히면 된다. 여기서도 마찬
가지로 추천 목록은 1도 안 쓴다. 앞서 '편집효과'에서 설

명했던 것처럼 사용하려는 사운드를 (검색해) 찾아서 즐겨찾기 해둔 다음 그 즐겨찾기 목록에서 꺼내 사용하면 그만이다. '볼륨'에 들어가서 사운드의 크기를 조절할 수 있다.

그런데 사운드를 아무거나 쓰면 되지 왜 이렇게 선택해야 하느냐고 물을 수 있다. 이는 틱톡 알고리즘과 연관된 부분인데, 어떤 사운드를 쓰냐에 따라 조회 수 차이가 천차만별이기 때문이다. 여기선 사운드마다 유행이 있고, 규격화된 트렌드가 있으므로 유행하는 사운드를 잘 선택해 넣는 게 팁이다. 꿀팁 하나 더 추가하자면, 사운드를 사용하면 자신의 목소리를 라이브로 못 넣는다. 이럴 경우 녹화에 들어가서 찍고자 하는 영상을 소리와 함께 찍고, 그 뒤에 찾아놓은 사운드를 넣은 다음 밸런스를 조절하면 두 소리를 다 가져갈 수 있다.

⚡ 해시태그: 반드시 필요한 건 아니다
해시태그에 대해서는 다들 잘 알 것이다. 그래서 간단하게 용어 설명만 하겠다. 먼저 한국어로 된 해시태그는 다 알 것이고, 내 영상에 자주 등장하는 영어 해시태그를 몇 가지 알려드리자면 #stitch는 이어찍기를 알리는 영어다. #fyp는 'for you page'의 약자로 '추천'의 영어 버전이라고 보면 된다. #viral는 말 그대로 바이럴이 되어 달라는 요청이며. #xyzbca는 예전 속설로 이 해시태그를 넣으면 알고리즘을 잘 태워준다는 얘기가 돌아서 종종 붙여두곤 한다. 종종 보이는 색다른 태그 중 하나는 IB인데 'idea by'의 뜻으로 오리지널 콘텐츠나 다른 사람의 콘텐츠를 가져올 때 IB라는 태그를 남겨주는 게 예의다. DC는 'dance creat'의 약자로 마찬가지로 다른 틱톡커가 만든 춤을 가져왔을 때 언급해서 남겨주는 게 틱톡의 예의라 할 수 있다.

종종 등장하는 단어 가운데 '오리지널 콘텐츠', '오리지널 사운드'가 있는데 이는 다른 곳에서 가져온 것이 아닌 자신이 창작해 만들어낸 콘텐츠, 자신이 만든 사운드라는 뜻이 되겠다. 그리고 '음원'이라는 단어도 많이 사용하는데, 사운드와 같은 의미라고 생각하면 된다.

그런데 많은 유명 틱톡커들은 해시태그 없이 콘텐츠를 올린다. 그럼에도 조회 수는 잘 나온다. 반면 나의 경우는 해시태그를 많이 쓰는데, 틱톡을 처음 시작하던 때부터 해시태그를 쓰던 것이 강박증으로 작용해서 그대로 이어가고 있는 것뿐이다. 해시태그가 나에겐 약간 징크스 같은 개념으로 들어와 있다. 하지만 몇 번 실수로 해시태그 없이 업로드한 적이 있었는데 조회 수에는 아무런 영향이 없었다. 심지어 수천만 조회 수까지 나와서 해시태그는 사실상 별 상관없는 요소라고 확신하고 있다.

앞서 틱톡의 기본을 살펴봤다. 그렇다면 이제 심화 과정이다. 틱톡의 인터페이스에 어느 정도 적응을 했다면, 이제 직접 영상을 만들어봐야 한다. 물론 그 전에 자신, 그리고 자신이 만드는 콘텐츠가 가질 방향성에 대해서 분명히 생각해둬야 한다.

우선 노트를 준비하기 바란다. 그다음 자신이 잘하는 것, 틱톡으로 하고자 하는 방향, 해보고 싶은 카테고리, 관심 있는 주제 등을 적어보자. 다음으로는 카테고리별로 롤 모델이 될 틱톡커를 정리해둔다. 그런 다음 그들의 계정에 들어가서 영상 분석을 한다. 조회 수가 많이 나온 영상들 위주로 보면서 어떻게 틱톡을 활용하고 있는지 정리하는 것이다. 마지막으로는 이 모든 학습(!)의 결과를 자신의 상황에 접목시킨다. 이것이 독자님들이 틱톡 계정을 운영하는 데 기본적인 틀이 될 것이다.

⚡ 국내 타깃과 글로벌 타깃: 채널의 목적이 무엇인가

선행되어야 할 방향은 국내 유저를 타깃으로 할 것인지, 글로벌 유저를 타깃으로 갈 것인지를 결정하는 일이다. 물론 그 경계가 정확하게 나뉘는 것은 아니지만, 콘텐츠 기획부터 차이가 발생할 수 있다. 예를 들어 챌린지나 밈(Meme) 종류들의 차이, 한국어로 말하며 영상을 찍을지에 대한 결정 등을 고려해야 한다.

물론 글로벌과 국내 타깃을 적절히 섞어서 운영할 수도 있다. 하지만 목적이 분명하다면 보다 성격이 명쾌한 채널로 발전시킬 수 있다. 국내를 타깃 방향으로 잡으면 팔로워들과 돈독한 유대관계를 유지할 수 있고, 소통을 바탕으로 우리나라 수요층에 어필할 수 있으며, 그에 따른 부수적인 수익을 추구해 갈 수 있다. 나는 상대적으로 틱톡을 늦게 시작한 만큼 오로지 채널 성장만을 위해 전 세계인들이 즐길 수 있는 콘텐츠를 만들고자 했다. 나처럼 글로벌에 집중한다면 팔로워를 모으는 속도는 상대적으로 더 빨리 오를 수 있다.

⚡ 카테고리 분류: 좋아하는 것과 잘하는 것

타깃의 방향을 설정했다면, 그다음으로는 자신이 좋아하는 것과 잘하는 것, 장점이 무엇인지, 계정 운영의 방향성을 고려해 자신이 집중할 카테고리를 분류해야 한다. 크게는 댄스, 노래, 연기(표정, 립싱크), 상황극, 트랜지션(변신), 일상 등이 있는데, 여러 카테고리 중에서 자신이 어떤 걸 잘 소화할 수 있을지 먼저 가늠해둬야 한다. 옷과 비슷하다고 생각하면 될 것 같다. 자신에게 잘 어울리는 옷이나 컬러가 따로 있는 것처럼, 스스로에게 맞는 장기로 시작을 해야 틱톡 생태계 적응이 수월하다. 그 후엔 보다 다양한 스타일을 접목해서 카테고리를 늘려가면 훨씬 편하게 채널을 성장시킬 수 있다. 내 경우도 지금은 굉장히 다양한 카테고리의 콘텐츠를 선보이고 있지만, 초반에는 스스로 표현할 수 있는 것들에 대한 확신이 없어서 무작정 따라 하는 영상 위주로만 콘텐츠를 만들었다.

Tip 조회 수가 많은 카테고리

틱톡에서 압도적으로 많은 조회 수가 분포되는 카테고리는 엔터테인먼트 파트다. 오락거리를 만들어주는 콘텐츠가 붐을 일으키기에 가장 좋은 셈이다. 단순히 코미디 영상을 만들라는 게 아니라, 해당 콘텐츠로 재미를 느낄 수 있게 만든다면 조회 수가 잘 나온다. 내가 만든 영상 가운데 조회 수가 괜찮은 콘텐츠들도 이러한 부분에 신경을 썼다고 할 수 있다. 물론 이것이 정답은 아니다. 다른 카테고리에서도 여러 요소를 섞을 수 있다. 예를 들어 활기찬 춤을 추면서 엔터테인먼트적 상황을 연출한다면 해당 카테고리들이 접목된다. 따라서 카테고리를 하나로 볼 것이 아니고, 유기적인 관계에서 파악하면 좋겠다.

④ 롤 모델 정리: 원정맨을 애정해 주세요!

각 카테고리에서 롤 모델이 될 수 있는 유명한 틱톡 커들을 정리해두는 것이 좋다. 그래야 현재의 트렌드를 빨리 캐치할 수 있고, 그 롤 모델들이 각 카테고리에서 어떻게 영상을 찍길래 추천을 잘 받고 조회 수가 많이 나오는지 확인할 수 있다. 나를 포함한 많은 수의 틱톡커들은 평범한 일반인에서 성장한 경우가 많다. 그들이 다른 사람들과 다른 점이 무엇일까? 이 부분을 빠르게 캐치해야 자신의 영상을 만드는 데 있어 시야를 넓힐 수 있다. 그리고 그러한 롤 모델들을 통해 더 많은 아이디어를 얻을 수 있다. 자신은 개인 한 사람뿐이다. 하지만 롤 모델로 설정할 수 있는 크리에이터들은 수없이 많다.

예를 들어 몇몇 카테고리에서 10명을 롤 모델로 삼았다면, 그들이 하루 1개씩만 영상을 올린다고 가정해도 그 수많은 영상 중 자신이 표현해낼 수 있는 아이디어를 하나쯤 얻는 일은 아주 쉬워진다. 초반 자신의 방향성이 잘 잡히지 않았을 때는 이러한 식으로 여러 영상을 확인·분석하며 자신의 플레이에 잘 녹여내는 트레이닝이 필요하다. 아무래도 우리나라에 비해 훨씬 큰 글로벌 시장에서 활약하는 유명 틱톡커들을 통해 새로운 트렌드가 생기는 경우가 많고, 그러한 분들이 내가 눈치채지 못한 트렌드를 잘 캐치하기도 하므로 꾸준히 모니터링을 하면 남들보다 빠르게 트렌드 영상을 찍을 수 있다.

⚡ 참고 영상 분류: '좋아요'와 '즐겨찾기' 목록 활용

영상 분류는 굉장히 중요하다. 틱톡과 같은 숏폼에서는 짧은 시간에 수없이 많은 영상을 보게 되는데, 어떠한 영상을 찍어야 할지 생각해두었다 해도 수많은 틱톡 콘텐츠를 보다 보면 까맣게 잊어버리곤 한다. 그래서 나는 그중에서 머릿속에 조금이라도 아이디어가 스쳐 지나가는 것은 '좋아요' 목록이나 '즐겨찾기' 목록에 담아둔다.

그렇게 해둬야 서치 후 자신의 영상을 찍을 때 해당 목록에 들어가서 아이디어를 정리하는 일이 훨씬 수월해진다. 그리고 무조건 찍어야 하거나 좀 더 정리가 필요한 부분은 나처럼 메모장에 실제로 메모를 해놓는 것을 추천한다.

⚡ 주제 선정: 꿀팁은 '틱톡 추천 피드'

뭘 찍어야 할지 아직 감이 안 잡힌다는 분들에게 한 가지 꿀팁을 드리자면, '틱톡 추천 피드'를 보다가 '좋아요' 수가 많은 영상을 보면 그 '사운드'로 들어가서 상위 목록 영상에 '좋아요'나 조회 수가 몇 개씩 있는지 확인하는 것이다. 만약 '좋아요'나 조회 수가 엄청나게 많은 음원을 추천 목록에서 발견했다면 그 음원에 맞춰 영상을 찍어보는 걸 추천하겠다. 왜냐면 이미 알고리즘을 잘 타고 있는 영상이거나 알고리즘을 다시 타고 있는 영상일 가능성이 크기 때문이다. 자신이 표현할 수 있는 카테고리라면 잘 활용해 찍어보길 바란다.

⚡ 챌린지: 춤 못 춰도 된다고!

다들 '챌린지'라는 말은 많이 들어봤을 것이다. 우리나라에서 가장 붐을 탔던 '아무노래 챌린지'가 대표적이다. 이처럼 어떤 음원을 바탕으로 하나의 유행이 만들어지는 것이 챌린지다. 챌린지는 춤이 될 수도 있고, 연기나 트랜지션 등 다양한 카테고리로 생겨나기도 한다.

나도 그랬지만, 많은 이들이 챌린지에는 춤 기반의 콘텐츠가 대부분일 것이라는 선입견을 갖고 있다. 하지만 실제로 나는 30개 영상 중에 한 번 춤을 출까 싶은 정도다(왜냐면 춤을 정말 못 추니까!). 하지만 댄스 말고도 굉장히 다양한 카테고리로 유행, 챌린지들이 생겨난다. 그리고 그로 인한 해시태그를 달아서 새로운 챌린지가 만들어져 팔로워 유입을 늘리는 양상도 쉽게 볼 수 있다.

⚡ 트렌드: 개념부터 정확히

챌린지와 트렌드라는 개념을 혼용해 쓰기도 하는데, 정확히 말하면 두 개념은 조금씩 다르다. 각각의 포인트를 알아두면 틱톡에서 발 빠르게 움직일 수 있다. 먼저 챌린지는 이어나간다는 의미가 담겨 있다. 챌린지 기간이 길게 잡힐 수도 있고, 누구든 다 같이 함께할 수 있는 개념이다. 반면 트렌드는 일시적인 유행이어서 굉장히 빨리 넘어간다. 해당 유행의 조짐이 보이면 빨리하고 넘어가야 한다. 그래야 그 유행의 흐름을 보다 먼저 타고, 잘 타고, 다음으로 도약할 수 있기 때문이다.

물론 음원을 내는 분들의 경우에는 챌린지를 만들어 트래픽을 최대한 모으는 게 당연한 일이지만, 우리는 아니지 않은가. 틱톡 플레이를 하는 사람이기 때문에 트렌드라는 개념을 가지고 유행에 빨리 올라타야 한다. 남들과 똑같이 했는데, 자신만 조회 수가 낮다면 대부분은 이미 익숙해진 트렌드가 됐기 때문이다. 모두에게 어느 정도 익숙해진 뒤라면 똑같이 해도 붐이 안 될 확률이 크다. 그래서 트렌드의 개념을 갖고 챌린지처럼 많이 퍼지기 전에 올라타는 게 팁이라 할 수 있겠다.

⚡ 음원: 트렌드를 타고 있는지 확인할 것

다들 아시겠지만, 틱톡의 기본이자 주가 되는 것이 음원 사용이다. 음원에 따라 립싱크를 할 수도 있고, 상황극이나 연기, 춤 등을 음원에 맞춰 영상으로 제작할 수 있다. 개별 음원에는 대부분 각각의 콘셉트와 트렌드가 녹아있기에 사실상 그 콘셉트와 트렌드를 자신의 색으로 잘 따라하면 된다. 물론 말은 쉽지만, 그렇게 녹록한 작업은 아니다.

음원이 트렌드인지는 어떻게 알 수 있을까? 앞에서도 언급했지만 기본적으로 피드를 넘기며 영상을 보면 '좋아요' 수를 확인할 수 있는데, '좋아요' 수가 높으면서도 음원이 낯설다면 그 음원을 확인해보는 게 좋다. 해당 음원을 사용하는 콘텐츠 가운데 최상위에는 얼마만큼의 '좋아요'가 붙고, 조회 수가 나왔는지, 더불어 해당 음원이 사용된 날짜는 언제고, 총 음원 사용 개수는 어떠한지를 확인하면 그 음원이 지금 유행하고 있는지를 짐작할 수 있다. 또는 '추천' 피드를 보다가 세네 번 같은 음원이 나온다면 마찬가지로 '사운드'에 들어가서 그 음원을 확인해볼 필요가 있다. 즉 여러 번 반복해서 나올 경우, 마찬가지로 트렌드가 되고 있다고 볼 수 있는 것이다.

틱톡은 신선한 것을 좋아하기에 음원 트렌드가 이미 여럿 퍼지고 있다면 남들과 다른 음원을 추가하기란 쉽지 않다. 음원은 대체로 해외에서 먼저 유행하고 나서 우리나라로 들어오는 경우가 많다. 미리 해외의 음원 트렌드를 살펴본 후 영상을 제작할 수 있다면 좀 더 수월할 듯하다. 그러니 만약 따끈따끈한 음원을 파악했다면 누구보다 먼저 해당 음원을 사용해서 콘텐츠를 만들어야 해당 트렌드를 타고 더 퍼져나간다.

트렌드를 따르지 않는 음원

트렌드를 잘 따르지 않는 영상에는 크게 세 가지가 있다. 노래가 아닌 의성어 위주의 음원을 사용하는 경우, 음원을 BGM처럼 사용하거나 음원을 바탕으로 상황극 등 콘텐츠를 제작하는 경우(이시영 님의 콘텐츠를 찾아보면 좋은 예가 될 듯하다), 마지막으로 오리지널 사운드가 있는 경우다. 이 경우는 음원 자체가 자신에 의해서 만들어진 음원을 말한다. 상황극이나 정보 안내, 물건을 만들거나 ASMR을 하는 등의 오리지널 사운드를 사용할 경우엔 트렌드를 딱히 신경 쓰지 않아도 좋다.

Tip 같은 음원이지만 다른 종류

같은 음원인데 종류가 다른 경우가 종종 있다. 이럴 땐 영상이 같더라도 어떤 음원을 쓰느냐에 따라 추천 빈도가 확 달라질 수 있다. 즉 자신의 계정에 추천을 띄워줄 음원은 따로 있다. 하지만 이것은 아무도 알지 못한다. 그렇다면 어떻게 해야 할까? 예를 들어 같은 트렌드의 음원이 2개 있다면 우선 앞서 설명한 대로 '좋아요' 수를 기준으로 추린 음원을 사용해보고, 생각보다 추천 수가 오르지 않는다면 다른 음원으로 바로 넘어가서 다시 올려보면 된다. 같은 영상임에도 음원에 따라 추천이 약간씩 달라지는 것을 확인할 수 있다(물론 둘 다 반응이 무덤덤할 가능성도 있지만!). 어쨌든 그렇게 두 개를 올렸다면, 그 후 반응이 덜 좋은 하나를 삭제 처리한다(그냥 내버려둬도 되지만). 나는 실제로 이 방법을 종종 쓰며, 그렇게 해서 붐을 일으킨 영상들이 여럿 있다.

Tip 다른 음원으로 음원 바꿔치기

틱톡 앱으로 찍은 영상이 아닌, 편집본에 해당하는 내용이다. 영상을 만들다 보면 마무리가 지체되어 그 사이 음원 트렌드가 바뀌는 경우가 생긴다. 그런데 만들어둔 영상을 올리긴 해야 하는데, 어떻게 해야 좋을지 고민이라면 영상을 올리되 음원만 현재 트렌드가 되고 있는 음원으로 바꿀 수 있다('사운드 파트'에서 설명했던 방식을 떠올리길 바란다). 이렇게 음원을 바꾼 덕에 알고리즘을 타고 붐이 되는 경우가 종종 있다. 무조건 정답은 아니고, 해볼 만한 시도 정도로 참고하면 좋겠다. 나도 오리지널 사운드로 나와야 하는 영상에 다른 음원을 씌워서 붐을 노려본 적이 많다.

Tip 글로벌한 음원 사용 꿀팁

아무래도 붐이 큰 목적이기에 팁을 한 가지 더 드리

자면, 음원 트렌드를 확인할 때 특정 나라에 국한된 음원은 거의 쓰지 않는다. 왜냐면 그 외에 여러 나라에서 붐인, 나아가서 한국에까지 영향력이 미칠 트렌드인지 확인한 후 붐 가능성이 더 큰 음원에 집중하는 편이다. 그렇다면 어떻게 알 수 있을까?

우선 음원 제목에 쓰인 언어를 통해 확인할 수 있고, 두 번째로는 해당 음원을 사용한 상위 영상들을 확인해보면 댓글에 쓰인 언어를 통해 해당 음원의 국적을 유추할 수 있다. 나는 특정 나라에 분포도가 집중되어 있다면 사용을 자제하는 편이다. 하지만 특정 나라에만 트렌드인 것처럼 보이지만 조회 수가 몇천만 건 이상 나왔다면 도전해보곤 한다. 다른 나라에도 이미 어느 정도 퍼졌고, 글로벌하게 더 퍼질 가능성이 있는 음원이기에 한 번 시도해봐도 괜찮은 결과를 얻을 수 있다.

Tip 립싱크 표정 관리의 비법

나는 립싱크를 하는 카테고리가 아니더라도 대부분 립싱크를 해주는 편이다. 보기에 훨씬 자연스럽고 표정도 더 편안히 표현될 수 있다. 따라서 표정 관리가 어렵게 느껴진다면 립싱크를 기본으로 해주는 걸 추천한다. 그리고 립싱크해야 하는 음원이 있다면 미리 들어보고 따로 연습을 해두는 것이 자연스러운 표정 연기의 노하우 되겠다.

⚡ 알고리즘: 추천의 비밀은 며느리도 모른다지만

이 내용은 정답이라 할 순 없다. 내가 경험하며 생각한 부분이므로 참고사항 정도로 봐도 될 듯하다. 우리가 '추천' 피드를 보다가도 갑자기 어느 특정 나라의 영상들이 추천되어 뜰 때가 있다. 그처럼 국내 영상을 해외로 보내주는 주기가 있을 것이 분명하다. 물론 그 추천 알고리즘의 비밀을 정확히 알 순 없다. 하지만 이전에 올렸던 것과 거의 비슷한 영상을 찍었음에도 어떨 때는 추천에 뜨고, 어떨 때는 추천이 안 되는 걸 보면 카테고리별로 다른 추천 주기가 있는 듯하다. 음원에 따라 추천 주기가 달라지기도 하고, 나라별 추천 주기가 보이기도 한다.

내 경험으로는 틱톡에서 계정 자체에 대해 추천 알고리즘을 막는 경우는 없다고 생각한다. 추천에 잘 뜨지 않는다면 알고리즘이 막힌 것이 아니라, 사용 음원의 문제이거나 카테고리의 특성으로 봐야 할 것이다. 나의 경우, 어떠한 콘텐츠가 유독 추천이 안 뜬다면 바로 다른 주제의 영상을 올려서 알고리즘을 확인하며 붐을 일으키려 노력한다. 그러면서 알고리즘 추세를 확인하는 것이다.

당장 추천이 안 뜬 영상이라고 좌절할 필요는 없다. 쟁여뒀다가 다음에 사용하면 된다. 실제로 그렇게 해서 나는 100만 조회 수 나오던 콘텐츠를 3,000만 조회 수로 만들었고, 업로드하기에 애매했던 영상을 모음집으로 만들어 재활용해 1억 조회 수를 올린 적도 있다. 즉 시시각각 바뀌는 알고리즘에서 자신의 콘텐츠들만 준비되어 있다면 언제든 일정 수준의 조회 수는 받아낼 수 있고, 알고리즘에 맞게 잘 태운다면 더 높은 조회 수를 얻을 수 있다. 기껏 공들여 만든 영상이 추천을 못 받고 버려지면 아쉽지 않은가. 내 경우처럼 무조건 쌓아뒀다가 다음에 다시 알고리즘에 태우려 노력해보자.

틱톡 함께하기 03 :
우리 함께 프로페셔널
틱톡커

기본적으로 나는 휴대폰과 네이버스토어에서 구입한 1만 원짜리 삼각대, 그리고 다이소에서 파는 1,000원짜리 휴대폰 거치대를 지금까지도 사용하고 있다. 틱톡을 즐기는 데 장비를 탓할 필요는 없다. 열정만 있다면 가벼운 마음으로 프로페셔널 틱톡커가 될 수 있다.

내가 가장 좋아하는 카테고리는 이어찍기, 필터 사용 놀이, 효과 음원, 립싱크 연기 순으로, 엔터테인먼트한 카테고리를 선호한다. 전체적으로 중요한 포인트는 액팅, 그러니까 연기다. 콘셉트를 어느 정도 잡고 그에 맞게끔 연기를 잘하는 것이 중요하다. 쉽게 찍는 것 같지만 실제로 나 역시 원하는 연기나 결과물을 얻기 위해서 10

번 이상 촬영을 반복하곤 한다.

틱톡 콘텐츠를 만드는 데 중요한 사항 중 하나가 '가이드라인'이다. 생각보다 까다로워서 위험해 보이거나 지나치게 자극적인 영상이 삭제되거나 경고를 받게 된다. 그렇게 많이 위반하면 계정 정지까지 받을 수 있으니 조심해서 찍어야 한다.

⚡ 파트너 크리에이터: 다양한 조언과 친구들을 만나다

틱톡을 시작했다면 최대한 빠르게 '파트너 크리에이터'에 들어갈 수 있기를 바란다. 왜냐면 파트너 크리에이터에 들어가면 단톡방이 만들어지는데, 그 안에서 다양한 얘기와 친구들을 만날 수 있다. 그리고 다양한 피드백들도 들을 수 있으며, 각각의 카테고리 안에서 펼쳐지는 미션들을 확인할 수 있으므로 영상 제작에 참고하면 보다 편히 콘텐츠를 만들 수 있는 이점이 생길 수 있다.

⚡ 듀엣: 다른 영상과 나란히

'듀엣' 기능은 말 그대로 다른 영상과 듀엣 영상을 찍는 것이다. 기능적인 측면인데 알다시피 원본 영상에서 연관된 다른 영상을 만드는 것이다. 하는 방법은 공유 탭에서 듀엣을 누르면 옆으로는 원본 영상이 뜨고, 내 영상이 뒤이어 위치한다. 여기서 레이아웃에 들어가면 위치를 변경할 수 있다. 다른 리액션을 할 수도 있고, 콘텐츠로 만들 수도 있다. 하지만 요즘에 틱톡에서는 자주 보이지 않는 기능 중 하나가 됐다.

⑭ 이어찍기: 이게 된다고?

내가 가장 많이 쓰는 기능 중 하나다. 앞영상이 있으면 그와 연관되는 뒷영상을 만드는 것이다. 뒷부분에 올 영상의 구성은 자유지만, 보통은 따라 하거나 상황극을 연출하거나, 웃기게 표현하거나, 연결해서 실험하거나, 다시 만들어보는 경우가 많다. 한 가지 중요한 이어찍기의 포인트는 되게 '후킹'해야 한다는 것이다. 즉 앞영상보다 더 자극적인 게 포인트다. 앞영상을 가볍게 보다가 뒷영상에서 "이게 뭐야!" 혹은 "이게 된다고?" 등 감탄을 자아낼 만한 리액션이 오는 것이 중요하다. 찍어보자면 마찬가지로 공유에서 '이어찍기'로 들어간 후, 원하는 영상을 선택한 후 촬영해볼 수 있다(앞영상은 5초 범위 내에서 선택이 가능하다).

만약 앞영상을 편집하고 싶거나 더 길게 사용하고 싶다면, 두 가지 방법을 활용할 수 있다. 첫 번째로는 '그린스크린 비디오'를 이용하는 것. 이것은 효과 중 하나인데, 앞영상을 불러와서 원하는 부분만큼 녹화한 후 뒤이어 다른 영상으로 촬영할 수 있다. 두 번째는 원본 영상을 다운로드 받은 후 뒷영상을 기본 카메라나 틱톡 카메라로 촬영한 후 편집해서 하나의 영상으로 만드는 것이다. 보통 다운로드를 하면 틱톡 워터마크가 찍혀 있는데, 구글에서 '틱톡 워터마크 제거'를 검색하면 워터마크를 없앨 수 있는 사이트가 여럿 나온다.

⚡ 댄스: 춤출 땐 립싱크도 같이

틱톡에서 많은 부분을 차지하고 있다. 나는 몸치이기에 댄스를 잘 다루지는 못한다. 하지만 틱톡에는 가벼운 율동 같은 안무도 많아서 그런 동작부터 도전해봐도 좋겠다. 그리고 댄스는 각 음원에 따라 트렌드가 거의 동일하게 나오는 경우가 많다. 댄스 콘텐츠를 촬영할 때의 포인트는 노래에 입을 맞춰 립싱크도 같이 해주면 표정은 물론 영상 전체가 훨씬 자연스러워진다는 것이다.

⚡ 립싱크와 연기: 자연스러운 상황 연출

역시 틱톡에서 많은 부분을 차지하는 콘텐츠인데, 말 그대로 립싱크를 하거나 연기를 하는 것이다. 포인트는 립싱크를 하면서 특정한 연기를 보여야 한다는 것. 그 짧은 연기를 어떤 식으로 표현하느냐가 중요한 요소로 작용한다. 립싱크를 잘하고 싶다면 유튜브에서 해당 음원(또는 드라마 장면)을 검색해서 가사(또는 대사)를 미리 외워두는 것이 좋다. 훨씬 자연스러워질 테니까. 그리고 촬영 시 어떤 특정한 포인트가 없을 경우, 나처럼 도구를 많이 활용하면 좀 더 시선을 끌 수 있다. 예를 들어 뭔가 만진다거나 뭘 먹는 등 자연스러운 상황을 연출할수록 반응을 얻는다.

⚡ 효과 음원: 재미있게 표현하는 게 짱!

효과음만 있거나 혹은 음원을 효과음처럼 사용하는 경우다. 내가 음원을 사용한 영상을 찍을 때 좋아하는 방법 중 하나인데, 재미있게 찍을 수 있는 데다가 캐릭터 구축에도 도움이 된다. 추천 알고리즘도 잘 나오는 편이다. 이러한 음원은 트렌드를 많이 타지 않아서 언제든 자유롭게 찍어도 되는 장르라고 할 수 있다. 즉 빠르게 반응해야 하는 댄스 음원과는 다른 양상을 보이는 카테고리다.

⚡ 효과 사용 놀이: 따끈따끈할 때 놀아보자

말 그대로 효과를 사용하면서 플레이하는 영상을 만드는 것인데, '오징어게임 필터'처럼 트렌드를 좀 따른다. 보통 음원과 세트인 경우가 많다. 이 효과는 이 음원과 함께 쓰는 게 제일 좋다는 특성을 갖는데, 새롭고 재미있는 효과가 막 나왔을 때 유행이 잘 퍼진다. 나는 이 카테고리를 보면 무조건 해본다. 엔터테인먼트적인 요소가 많은 데다가 유행까지 곁들여 있어서 붐업이 잘 된다. 효과마다 사용법은 다르다.

⚡ 트랜지션: 반전을 노려라!

트랜지션(transition)은 말 그대로 전환, 변신 같은 장르다. 나는 좀 평범하기 때문에 아주 가끔 각 잡고 해보는 장르다. 이 장르의 포인트는 첫 번째로 전환 컷이 자연스러워야 하고, 두 번째로는 핵심 전환 후 반전이 무조건 필요하다는 것이다. 첫 모습과 끝 모습이 완전 다른 사람처럼 표현돼야 붐이 잘 된다.

⑨ 일상 블로그: 음원에 신경 쓸 것

틱톡은 SNS적 요소를 갖고 있는 플랫폼이다. 그래서 자연스러운 일상 영상도 많이들 찍는다. 정해진 양식은 없으며, 말 그대로 자신의 일상을 자유롭게 표현하는 것이다. 한 가지 팁은 음원을 무작정 사용하는 것보다 틱톡에서 공유되고 있는 음원을 찾아 사용해야 붐을 더 잘 탄다는 것이다.

그 외 자신만의 장기를 펼쳐 보이거나 상황극을 연출할 수도 있다. 나는 다뤄본 적이 많지 않지만, 요리와 조립, 미술, 건축, 감성적인 영상 등 다양한 카테고리가 있으니 독자님의 상황에 맞춰 영상 콘텐츠에 도전해보면 좋겠다.

외부 편집 앱의 사용

영상을 찍을 줄 알게 됐다면 편집도 직접 할 줄 알아야 한다. 틱톡 내부 편집 기능만으로도 콘텐츠를 만들 수 있지만, 일반 카메라로 찍은 영상 혹은 틱톡으로 찍은 영상을 별도로 '화면 녹화'해 휴대폰 갤러리에 저장한 경우라면 외부 편집 앱을 이용해 편집하는 게 보다 편리하다.

영상 편집 앱에는 여러 가지가 있는데, 틱톡, 숏폼에 가장 유용하게 쓰이는 무료 앱으로 비타(VITA), 캡컷(CapCut), 메이투(Meitu) 정도만 알아도 충분하다. 비타, 캡컷은 편집용이고, 메이투는 보정용으로 알아두면 될 것이다. 세 가지 앱을 모두 파악하는 것이 귀찮다면 캡컷만 알아도 좋다. 용도에 따라 각각 앱에는 장단점이 있다. 용도에 맞게 잘 골라서 사용하면 좋겠다. 앱 사용에서는 사실 직관적인 컨트롤 탭이 많아서 한 번씩만 만져본다면 기본적인 사용법은 알 수 있을 것이다.

TikTok

NICE!

월클 틱톡커의
노하우

‖‖‖‖‖‖‖‖‖‖‖   ✦ ✦

조회 수를 붐 시킬 수 있는 기본적인 틀에 대해서는 모두 전달했다. 그렇다면 그중에서도 내가 생각하기에 더욱 붐업할 수 있는 중요한 요소들을 몇 가지 언급해보 겠다.

⚡ 오리지널 콘텐츠: 계정 '떡상'의 원동력

계정을 붐 시키는 1등 공신은 자기만의 오리지널 콘 텐츠다. 그중에서도 글로벌 관점으로 얘기하자면 (국내 타깃이라면 100만 조회 수도 큰 것이지만) 무조건 수천만 조 회 수가 나온 영상을 캐치해서 그것을 바탕으로 자신만 의 '오리지널' 콘텐츠를 만들어내야 한다. 나도 그렇지 만, 대표적인 예로 유명한 '한심좌'님을 들 수 있겠다. 저작권 문제 때문에 구체적인 이미지를 책에 옮겨 담을 순 없으므로 독자님께서 검색해보길 바라겠다. 찾아보면 바로 알 수 있다. 몇천만 조회 수가 나왔다는 건 정작 크리에이터 자신은 왜 그런지 잘 모른다 해도 대중들에게 그만한 메리트가 있다는 증거다.

'한심좌'의 예를 들어보자면 처음에 본인의 영상을 오리지널 콘텐츠로 만들 생각을 못했던 것 같다. 왜냐면 '한심하다'는 특유의 표정을 담은 영상을 몇 개 올린 후, 한동안은 다른 영상들을 찍었다. 그러다가 어느 순간 깨우친 것인지 '한심하다' 콘텐츠로 작정한 듯 밀고 나갔고, 엄청난 '떡상'을 했다. 그러니 자신이 의도한 게 아닐지언정 계정의 붐을 위해서라면 오리지널 콘텐츠를 잘 가꿔나가는 게 1순위 포인트라 할 수 있다.

국내 관점으로 얘기하자면 앞서 말했던 몇천만 조회수 기준으로 볼 것이 아니고, 얼마나 팔로워들과 좋은 유대감을 이끌어내고, 그것을 바탕으로 소통이 잘 이뤄지는 오리지널 콘텐츠를 만드는가 하는 것이 중요한 포인트다. 한 예로 나에겐 이틀 사용하고 꽤 오래 활동을 안

한 부계정이 있는데, 오리지널 콘텐츠로 만든 것은 아니고 단순히 팔로워의 반응에 회신하면서 몇 가지 답을 달곤 했다. 그런데도 조회 수가 몇만에서 몇십만에 이르렀다. 우리나라 팔로워들만 대상으로, 즉 한국 베이스의 성장을 원한다면 이렇게 팔로워들과 소통이 원활한 콘텐츠를 만드는 것이 베스트라 할 수 있다.

⚡ 반전: 아슬아슬하게 선을 타며

틱톡은 숏폼이다 보니, 짧은 순간에 눈과 귀를 사로잡는 임펙트가 있어야 유리하다. 좋아지는 방향으로든, 망가지는 방향으로든 예상치 못한 반전을 이뤄내는 것이 포인트라 할 수 있겠다. 좋아지는 방향으로 반전이 되는 큰 카테고리로는 트랜지션을 들 수 있다. 물론 확실한 전환을 보여주는 트랜지션이 아니더라도, 이를테면 원테이크 영상에서도 "띠용?!"하고 놀랄 만한 장면을 넣어 만들 수도 있다. 그런데 붐이 되는 가능성이 훨씬 큰 것은 블랙코미디 같은 요소나 아슬아슬한 줄타기를 통해 인간의 본연적인 본능을 자극해내는 영상이다. 평범한 코미디적 반전보다 마음을 졸이게 하는 요소가 추가될 경우, 상대적으로 몇천만 조회 수까지 잘 나올 수 있다.

유의해야 할 점은 요즘 가이드라인이 엄격해져서 선을 잘못 타면 경고를 받는다. 나도 실제 가이드라인 위반 경고를 종종 받았다. 절대로 위험해 보이는 행동을 하면 안 된다. 가이드라인 위반 경고가 누적되면 계정에 제한이 생길 수 있다는 점을 잊지 말자.

④ 퀄리티: 완성도를 높여라

세 번째로는 영상 퀄리티를 좋게 찍어내야 한다. 트렌드를 잘 표현해내면서 퀄리티까지 좋으면 당연히 붐이 잘 이뤄진다. 예전에는 그렇지 않았던 것 같은데, 최근 알고리즘이 퀄리티 좋은 영상을 선호하는 양상을 보인다. 우리나라의 '시아지우'님이나 해외의 'xoteam'님의 콘텐츠를 보면 (틱톡 앱이 아닌) 전문가용 카메라로 찍는 등 영상 퀄리티를 쫙 높여서 엄청난 붐을 일으킨 경우들이다. 나 역시도 퀄리티 좋게 몇 번 촬영한 적이 있는데, 때마다 수천만 조회 수가 나왔다. 이 부분은 사실 아마추어 유저가 혼자 해내기는 어려운 부분이다. 적잖은 노력을 필요로 하므로 준비된 분들만 도전하기를 추천한다.

⚡ 외모: 뭘 해도 뜨거운 반응

현실적으로 얘기하겠다. 그냥 외적으로 엄청 뛰어나다면 무조건 채널 조회 수가 오른다. 나는 해당 사항 없으니 패스하도록 하겠다(마마~!). 하지만 무슨 의미인지 누구나 알 것이다. 잘생기거나 예쁘면 뭘 해도 반응이 좋다. 복 받은 케이스라고 할 수 있다.

⚡ 영상 업로드 시각: 원정맨은 11시 40분

크리에이터들이 은근히 많은 고민을 하는 부분이 콘텐츠 업로드 시각이다. 가장 보편적인 시간대를 선택하고 싶다면 먼저 자신의 계정에 대한 분석이 필요하다. 간단하게 '계정 분석'을 보면 팔로워들의 이용 시간대를 확인할 수 있으므로 자신의 팔로워가 가장 많이 활동하는 그 시간대를 기준으로 영상을 올리는 것이 좋다.

그런데 만약 해당 콘텐츠가 특정 국가를 타깃으로 만든 영상이라면, 그 나라 시간대를 확인해서 현지의 낮 시간대에 올려야 한다. 엉뚱하게 현지인들이 잠자는 새벽에 올리면 노출률은 낮아질 수밖에 없다. 나의 경우 영상 올리는 시각에 대해 몇 개월 동안이나 분석하고 고민

했는데, 결론적으론 오전·오후 11시 40분 고정으로 콘텐츠를 올리게 됐다. 그 시각은 많은 나라에서 사람들이 깨어있을 가능성이 크고, 실제 틱톡 이용자 수치도 보편적으로 많이 나온다. 시차가 많이 나는 국가들도 있지만, 하루 두 차례 밤낮으로 나눠 올려서 고르게 영상이 전달될 수 있도록 했다.

더불어 나는 드라마 편성표처럼 정해진 시각에 딱 맞춰 올린다. 팔로워분들에게 업로드 시각을 정확하게 인지시켜 영상에 대한 피드백을 더 끌어올리기 위해서다. 콘텐츠마다 업로드 시각에 12시간 차이가 나는 이유는 영상 하나하나의 가치 비중을 동일하게 주고 싶어서 그렇게 운영하고 있다. 하지만 나의 방식이 누구에게나 맞는 해답은 아니다. 독자님들의 상황에는 다르게 적용될 수 있고, 자신만의 업로드 시간대를 찾는 것이 좋다. 나 역시 더러는 시각에 구애받지 않고 자유롭게 영상을 업로드하는 경우도 있다.

⚡ 콘텐츠 제작 시간 2배 아끼기: 시간당 조회 수를 활용하라

원정맨 콘텐츠는 대체로 하루 2개씩 새롭게 업로드 되지만 가끔 하루에 3개, 많게는 4개까지도 올리는 경우가 있다. '시간당 기준 조회 수'라는 것이 있는데, 10분당 1만 조회 수 또는 1시간당 10만 조회 수가 기준이다. 나의 경우 사실상 1시간당 10만 조회 수를 기준으로 삼는데, 열심히 만든 영상이 그 요건을 충족시키지 못하면 서둘러 다른 카테고리의 영상을 하나 더 만들어 올린다. 그래서 두 영상의 조회 수 붐을 확인하다가 알고리즘을 타지 못하는 하나의 영상을 (영상 저장 후, '나만 보기'로 돌려서) 피드에서 없앤다. 그렇게 해서 사라진 영상은 모아뒀다가 다음에 다시 쓸 기회를 엿보는 것이다. 이렇게 매일매일 알고리즘의 혜택을 받을 수 있도록 영상을 순환시킨다. 결과적으로 영상은 하루 2개만 남지만, 추가 영상을 만들어 조회 수 확인 뒤 영상 순환을 시키는 것이 최대한 효과를 이끌어내는 방법이다. 당연히 콘텐츠 제작 시간도 아낄 수 있다.

④ 댓글과의 상관성: 부가적인 요소일 뿐

콘텐츠에 댓글이 많으면 더욱 붐을 타는지 질문도 종종 받는다. 반은 맞고, 반은 틀리다. 나는 개인적으로 영상이 붐 되는 조건은 영상 자체에 있다고 보고, 댓글은 부가적인 요소에 불과하다고 생각한다. 즉 댓글이 많으면 참여도가 높아지니 붐이 될 가능성이 좀 더 생기지만, 그게 전부는 아니기에 댓글 반응을 목적으로 삼을 필요까진 없다는 얘기다. 알고리즘을 잘 탈 수 있도록 영상 자체를 잘 만들어내는 게 우선시되어야 한다.

④ 영상 분석: 내 콘텐츠를 만나는 방식

영상 분석법에 대해 짧게 짚고 넘어가겠다. 영상의 '공유' 탭에 들어가서 '분석' 탭을 누른다. 그러면 영상에 대한 정보들을 볼 수 있다. 대부분 직관적으로 바로 알 수 있으니, 섹션별 동영상 조회 수 파트에 대한 설명만 간략히 덧붙이겠다. '추천'은 알고리즘을 타서 추천 피드를 통해 본 비율이다. '팔로잉'은 팔로잉 피드를 통해 본 비율이고, '개인 프로필'은 자신의 프로필에 들어와서 직접 본 경우의 비율이며, '사운드'는 영상 오른쪽 아래에 있는 사운드 목록을 확인하고 들어와서 내 콘텐츠를 본 비율이다. 당연히 조회 수에 가장 중요한 부분은 추천 비율이고, 60% 이상은 되어야 추천을 좀 받은 영상이라 할 수 있다.

⚡ 팔로워를 빠르게 모으는 비법: 채널의 아이덴티티를 드러내라

마지막으로 어떻게 해야 팔로워를 보다 빠르게 모을 수 있을지에 대해 귀띔해볼까 한다. 우선 매력적인 외모를 어필할 수 있다면 좋은데, 나처럼 그에 해당되지 않는다면 사실 훨씬 더 중요한 그다음 방법을 이용하자. 자신만의 아이덴티티를 갖는 것이다. 즉 이 계정은 이런 채널이라는 분명한 이미지를 갖고 있으면, 팔로우가 많아진다. 만약 콘텐츠들의 성격이 중구난방이면 그 채널을 팔로우할 이유를 찾지 못한다. 채널 브랜딩이라고 할 수도 있는데, 자기 채널만의 독특한 성격을 드러내는 게 중요하다.

🎬 틱톡을 활용한 수익 모델

실제로 틱톡으로는 어떻게 돈을 벌 수 있는지 많이들 궁금해 할 것이다. 먼저 알려드릴 내용은 틱톡 코리아에서는 '조회 수'에 따른 수익은 없다는 사실이다(아쉽게도!). 그렇다면 어떻게 틱톡에서 수익을 창출할 수 있을까?

*아래 내용은 2022년 시점으로 작성된 가이드여서, 변경될 수 있다. 광고도 마찬가지지만 틱톡 내부적으로 매번 광고에 대한 수정사항이 바뀌어서 시기마다 광고의 업로드 방향성이 조금씩 달라진다는 사실을 염두에 둬야 한다.

① 협찬과 광고

가장 대표적인 수익 모델은 협찬과 광고다. 이 두 가지에는 차이가 있는데, 협찬이라고 하면 보통 무료로 물건을 제공해 그에 대해 포스팅을 하는 방식의 단순 물건 협찬을 얘기한다. 옷 같은 경우, 단순 착용이 될 수도 있고, 음식처럼 실제로 먹어보는 등의 형태를 띨 수도 있다. 그에 반해 광고는 돈을 받고 공식적으로 해당 물건에 대해 홍보를 해주는 것을 말한다. 광고들은 개인적인 DM이나 메일로 의뢰받는 일도 있긴 하지만, 대부분 MCN이라는 전문 회사를 통해서 (MCN의 영업을 통해서) 들어오는 경우가 많다. 회사와 계약에 따라 일정 비율을 나누고, 가이드에 해당하는 시안에 맞춰 15초 안팎의 광고 촬영에 들어간다.

구체적인 광고일 경우, '뒷광고 논란'을 없애기 위해 광고 협찬 등의 내용을 멘션 맨 앞부분에 #광고 해시태그를 넣어야 한다는 점을 잊어선 안 된다. 광고 종류는 굉장히 다양해서 화장품부터 패션 의류, 식품 등 브랜드, 영화(넷플릭스)와 뮤지컬을 비롯한 문화생활에 관한 것, 애플리케이션에 대한 홍보 등 집행될 수 있는 카테고리 자체가 광범위하다. 제품 사용기 영상을 만들든, 춤을 추며 소개하든, 광고는 자신의 채널 성격에 맞춰 보다 어울리는 형식을 선택하는 것이 좋다.

② 선물 기능

선물 기능은 틱톡 라이브를 통해서나 댓글 선물로 후원을 받는 것인데, 보편적인 예로는 아프리카TV의 별풍선, 유튜브에서의 슈퍼챗과 유사한 기능이라고 할 수 있다. 라이브 방송에 자신이 있고, 소질이 있다면 이

기능을 통해서 어느 정도 돈을 벌 수 있지만, 사실상 여타 플랫폼에 비하면 수익 배분율이 낮아서 큰 수익을 얻기는 어렵다.

③ 틱톡 이벤트

틱톡에서는 여러 이벤트를 진행하는데, '좋아요' 수에 따라 하루 300~11만 5,000원을 제공하기도 한다. 주간 최대 38만 5,000원까지 부가적인 수익을 창출해낼 수 있다. 이벤트는 때에 따라 다양하게 등장하므로 활용할 수 있는 범위 안에서 관심을 가져볼 만하다. 2022년 10월까지 진행됐던 이벤트는 현재 종료됐지만, 추후에 어떤 이벤트를 통해 부가 수익을 낼 수 있을지는 기대해봐도 좋을 듯하다.

④ 파트너 크리에이터

현재 틱톡 코리아에서는 14가지 카테고리별로 파트너 크리에이터를 모집해 여러 가지 기준을 통해 순위를 책정한 뒤 몇만 원부터 몇백만 원까지 상금을 제공하고 있다. 분기별 '틱톡 파트너 크리에이터 어워즈' 시상식에서는 수천만 원 상금을 개별 크리에이터들에게 수여한다.

⑤ 크리에이터 펀드

실제로 해외 몇몇 나라에서는 '크리에이터 펀드'라는 이름으로 유튜브처럼 틱톡커들에게 조회 수에 따른 수익을 배분하는 구조가 있다. 하지만 아직은 틱톡 코리아의 규모가 상대적으로 작아서 도입되지 못했다. 틱톡 플랫폼이 지금처럼 꾸준히 성장한다면 우리나라 서버에도 적용될 가능성이 있다고 생각한다.

⑥ 제휴 마케팅

틱톡 프로필에 링크를 넣을 수 있는데, 이를 통해 팔로워가 물건을 구매한다든가, 앱을 다운로드 받으면 수익률에 따라 금액를 받는 제휴 마케팅이 있다. 하지만 해당하는 금액에 대해 크게 기대하기는 어려운 실정이다.

⑦ 기업 계정 관리

나는 해본 적이 없지만, 해외에서는 물론 우리나라에서도 크리에이터 개인이 몇몇 기업 계정을 의뢰받아서 대신 관리해주고 그에 따른 대가를 받는 경우가 있다. 자신이 직접 출연하는 방식이 많기에 어느 정도 인지도가 있어야 실현 가능한 부분이다. 죄송스럽지만 나는 경험해본 적이 없어서 자세한 소개는 어렵다.

⑧ 음원 프로모션

그다음으로는 음원 수익이 있을 수 있다. 크게 두 가지로 나눌 수 있는데, 첫 번째로는 자신의 음원을 공식 등록해 사용에 따른 저작권료를 받거나 나아가 브랜드 광고 음원으로 사용해 확장된 수입을 얻는 것이다. 하지만 음악 관련 아티스트가 아니라면 구체적인 경험을 쌓기 어렵다.

두 번째로는 음원 제작자에게 곡 사용 의뢰를 받는 것이다. 많은 분이 몰랐던 것일 수 있는데, 틱톡에서 음원이 유행하면 실제로 아티스트에게 엄청난 영향을 미치기에 예상보다 자주 프로모션 제안을 받는다. 개인으로부터 의뢰가 오기도 하지만, 대부분 업체를 통해 프로모션 제의가 온다. 해당 음원을 주제에 맞게끔 자유롭게 콘텐츠에 활용해서 그 프로모션을 진행해주고 그에 따른 대가를 받는 것이다.

예를 든다면 나의 경우 BTS를 비롯해 전소미, 저스틴 비버, 샘 스미스, 마쉬멜로우(Marshmallow), 켈빈 해리

스(Calvin Harris), 드락스 프로젝트(Drax Project), 블리처스
(Bleachers) 등 여러 아티스트의 곡 프로모션에 참여했다.

⑨ 라이브 커머스

곧 다가올 시장 가운데 하나는 '라이브 커머스'다. 라
이브 방송을 하면서 홈쇼핑처럼 틱톡에서 바로 물건 구
매를 할 수 있는 방식이다. 틱톡의 중국 버전인 '도우인'
의 사례를 보면 샤오미가 스마트폰부터 TV 등 약 20개
상품을 3시간 동안 판매해 7,477만 시청자, 2억 1,000
만 위안(우리 돈으로 약 359억 원)의 매출을 낸 사례가 있다.
곧 틱톡에도 도입될 예정이고, 커머스 분야로 어떻게 자
리매김할지는 아무도 모르는 일이다. 이 기능을 잘 활용
하기 위해서 미리 틱톡을 어느 정도 선점해놓는 것이 굉
장히 유리하다고 할 수 있겠다.

즐거운 변화:
5,000만 팔로워와
광고 수익

광고 단가는 팔로워 수당 1원이라는 보편적인 기준이 존재하기는 하지만, 나 같은 경우엔 단건으로 봤을 땐 그러한 기준과는 조금 다르다. 그렇다면 팔로워 수가 많을수록 틱톡커는 돈을 많이 벌까? 보편적으론 팔로워 수가 많고, 조회 수가 잘 나온다면, 그리고 그만큼 인지도가 있다면 광고 단가가 높아지고 기회가 많아지는 건 맞다. 하지만 그 사람만의 독특한 색채가 있거나, 브랜딩이 잘 되어 있거나, 영상을 잘 찍는다면 그 양상은 다를 수 있다. 무조건 팔로워 수에 따라 수익이 오르는 것은 아니라는 얘기다.

⑦ 광고 의뢰: 브랜딩, 채널력을 갖춰야 하다

팔로워 수를 높이는 것도 중요하지만, 단순히 팔로워 증가만 보면서 채널을 운영해선 안 된다. 좀 더 경계하면서 잘해야 하는 부분은 자신의 브랜딩을 유지하고 채널력을 키워 나아가는 것이다. 예를 들어 팔로워 수는 많은데 그에 비해 채널의 매력도 딱히 없고 조회 수도 안 나오면 광고주들에게 외면받을 수 있다. 자신의 브랜드와 채널력을 잘 가꾼 계정이 단순히 팔로워만 많은 크리에이터보다 수익이 큰 경우도 많다. 그래서 가치 판단에 따른 자신의 방향성에 맞게 채널을 잘 가꿔나가는 게 이상적이다.

틱톡이 아무래도 글로벌 플랫폼이다 보니, 나라별 비중에 따라서도 광고의 금액적 차이가 날 수 있다. 예를 들어 우리나라를 대상으로 한 광고가 있는데, 팔로워 비중에서 한국인이 많지 않다면 그 광고주에게는 어필이 어려울 수 있는 것이다.

글로벌 타깃으로 영상 몇 개가 터져 팔로워 수가 많아졌지만 팬덤이 딱히 없는 계정보다 팔로워 수가 적더

라도 국내 팔로워를 타깃으로 키워나간 색깔 있는 계정
이 더 많이 벌고 더 많은 기회를 얻고 있다. 현재로선 조
회 수에 따른 보상이 전혀 없기 때문에 한국인 대상으로
활동하는 게 광고주에게 어필하는 빠른 길이 될 수 있다.
앞서 얘기했지만, 나는 1차 목표 자체가 팔로워 증가에
있었다. 하지만 독자님들의 상황은 다를 수 있기에 내가
이야기한 내용을 바탕으로 자신의 계정을 어떻게 키워나
갈지 올바른 방향성을 찾았으면 하는 바람이다.

⓸ MCN 선택: 크리에이터의 소속사

크리에이터들의 소속 회사인 MCN이 낯선 독자님
들이 많을 것이다. 본문에서 언급했던 것처럼 MCN은
'Multi Channel Networks'의 줄임말로 말 그대로 '다중 채
널 네트워크'다. 풀어 말하면 경쟁력 있고 인기 높은 채
널들을 운영하는 1인 창작자의 동영상 제작을 지원하
고 관리해주는 대신 그 수익을 나눠 갖는 서비스가 바로
MCN이다.

1인 창작자를 연예인으로 본다면, MCN은 매니지
먼트 기획사에 비유할 수 있다. 우리가 알고 있는 SM이

나 JYP와 같은 연예기획사에서 소속 가수나 배우들을 발굴하고 육성해 방송 활동이나 이벤트 행사, 광고 출연 등 수익 활동을 지원하고 관리해 그 수익을 배분하듯이, MCN은 1인 창작자들을 도와 콘텐츠의 기획부터 제작에 필요한 과정과 시설을 지원해 수익 창출을 돕고 그 수익을 나눈다. MCN은 매니지먼트 회사로써 홍보, 저작권 관리, 프로모션, 신규 수익 창출 및 마케팅까지 여러 서비스를 지원하고, 체계적으로 관리해 콘텐츠 창작자가 제작에 집중할 수 있도록 도와주는 서비스를 제공한다.

독자님들이 계정을 잘 키워나가 경쟁력을 갖는다면 많은 MCN에서 연락이 올 것이다. 자신의 상황, 방향성에 맞게 잘 알아보고 들어가면 좋겠다. 처음 회사에서 연락이 오면 굉장히 기쁘기 마련이어서 이 기회를 잡아야 한다는 강박이 생길 수 있다. 하지만 원했던 방향의 MCN이 아니라면, 또 자신의 채널이 가진 방향이 분명하다면 더 자신감을 갖고 여유롭게 둘러보는 것을 추천한다. 왜냐면 서둘러 계약해버리면 다른 MCN을 둘러볼 기회조차 없어지기 때문이다. 이중계약은 안 되고, 중도 해지할 경우 위약금이 발생하기에 신중히 결정해야 한다.

어떤 MCN이 있는지 궁금해할 수 있는데, 이 부분은 직접 언급하기가 어렵다. '틱톡 MCN'을 검색해보면 많은 자료를 찾을 수 있다는 정도로 접어두겠다.

MCN에서 연락이 왔다면, 우선 호의적인 마음가짐으로 자신의 상황과 회사의 요구사항을 세세하게 잘 조율해야 한다. 방향성이 서로 잘 맞아떨어져야 트러블 없는 관계로 나아갈 수 있기 때문이다. 그리고 계약서라는 게 '아' 다르고 '어' 다르기에 잘 검토하는 것도 중요하다. 한 가지 말씀드릴 수 있는 점은 내 경우 많은 회사의 계약서를 받아서 검토해봤는데 문제가 보이는 계약서는 없었다. 회사와 계약을 하면 바로 중요해지는 점이 '잘 팔리는' 크리에이터가 돼야 하는 것이다. 또 다른 새로운 시작이므로 자신의 가치를 책임감 있게 더 키워나가야 한다.

⚡ 뜻밖의 수익들: 시야를 넓히자

자체 수익이 아닌 틱톡을 활용한 수익 창출도 적지 않다. 즉 틱톡으로 인해 어느 정도 인지도를 쌓거나 브랜딩이 됐을 때 앞서 언급한 협찬과 광고에서 나아가 더 많은 것들이 손에 닿을 수 있다. 활동 범위와 사업군을 점차 늘려나가서 더 많은 수익을 위해 파이프라인을 만들어가는 게 중요한 포인트라고 할 수 있다.

① 굿즈: 나는 2022년 1월 '마플샵(marpple.shop/kr/ox_zung)'에서 굿즈를 판매하기 시작했다. 판매 실적이 엄청 좋지는 않았지만, 판매를 잘하고 마케팅을 잘하는 분이라면 판매 수량은 천차만별이 될 수 있다. 이런 식으로 자신의 아이덴티티를 담은 기념품들을 만들 수 있고, 나아가 절찬리에 판매할 수도 있다.

② 쇼핑몰: 굿즈와 비슷한 양상으로 쇼핑몰을 만들어서 운영하는 크리에이터도 많다. 실제로 패션 같은 분야는 틱톡 콘텐츠로도 녹여내기에 좋고, 브랜딩을 하기에도 알맞은 요소를 갖췄다. 나도 의류 브랜드 론칭을 준비하고 있다. 누구든 자신의 콘텐츠와 인지도를 쌓아나간다면, 그로 인해 쇼핑몰 운영이나 브랜드 론칭을 통해 또 다른 부가 수익을 창출할 수 있을 것이다.

③ 방송 출연: 인지도를 바탕으로 종종 연예인들과

컬래버레이션도 하고, 그 외에 여러 방송 출연 제의들이 들어올 수 있다. 나 같은 경우는 방송에는 욕심이 아직 없어서 그냥 재미있어 보이는 프로그램에 한해서 가끔씩 나가보려 하고 있지만, 꼭 공중파 방송이 아니더라도 유튜브 등을 통해 더 다채롭고 재미있게 활동해볼 수 있다.

④ 오프라인 행사: 코로나19 때문에 진행이 취소되기는 했지만, 나의 경우 청춘페스티벌 오픈마이크에 초청받은 적이 있다. 코로나 팬데믹 기간에도 해외에서 연락받아 줌(ZOOM)으로 실시간 행사를 진행한 적도 있다. 최근에는 코로나 엔데믹 분위기에 따라 국내외 규제가 많이 풀려 다양한 활동을 이어가고 있는 중이다. 여러 틱톡 관련 행사를 비롯해 오프라인에서 활동할 수 있는 영역은 앞으로 더 많이 생길 전망이다.

⑤ 클래스, 강연: 오프라인 행사와 조금 비슷할 수 있는데, 몇몇 크리에이터는 실제로 강연을 많이 다니고 있다. 나보다 오래전부터 활동했던 분들도 많다 보니, 그런 쪽으로 발을 먼저 터놓은 크리에이터가 많다. 나의 경우 뒤늦게나마 〈클래스101〉 플랫폼을 통해 틱톡 사용에 대

한 온라인 수업을 진행하고 있다.

⑥ 책: 틱톡 혹은 틱톡커와 관련된 책을 검색해보면 여러 도서가 나온다. 종이 단행본 외에도 전자책과 웹툰 등을 출간하는 크리에이터들도 있다. 사실 책으로 얻는 구체적인 인세보다 출판을 했다는 그 가치가 크기에 또 다른 파이프라인들을 생성할 수 있다.

⑦ 게임: 해외에서는 몇몇 크리에이터가 게임을 만들기도 했다. 게임에서 적용될 수 있는 범위와 방향성은 각기 다르겠지만, 게임 사업군과 잘 맞는다면 IP를 활용해서 서로 시너지효과를 낼 수 있을 것이다.

⑧ NFT: 미래 시장 중 하나인 NFT에 도전하는 크리에이터들도 생겨나고 있다. 나 역시 이 분야에 굉장히 관심이 크다. NFT 역시 글로벌 시장을 타깃으로 해서, 니즈가 맞는 파트너사를 잘 만나서 진행하면 자신의 IP를 활용해서 좋은 결과를 얻을 수 있다고 생각한다.

위의 모든 수익 구조와 그 외에도 진행 가능한 모든

방식은 자신의 채널을 통해서 직접적으로 홍보할 수 있고, 프로필에 링크를 달아서 알릴 수도 있다. 이 모든 것에 대한 비용은 0원이다. 즉 자신이 쌓아놓은 것들을 바탕으로 셀프 마케팅을 진행할 수 있고, 나아가 채널이 더 커지면 지속적으로 홍보 효과도 같이 올라간다. 여러 방향의 수익 구조를 소개했지만, 개인의 상황에 맞춰 적용할 수 있는 것은 다를 수밖에 없다는 사실은 잊지 말자.

⚡ OSMU: 수익 창출의 발판이 된다

사실 이 부분이 핵심 중 하나가 아닐까 생각한다. 영상을 만들었는데 한 곳이 아닌 여러 플랫폼에서 같이 사용할 수 있다면 정말 좋은 것 아닐까? 그런 개념인 '원 소스 멀티 유즈(one source multi-use, OSMU)'에 대한 설명을 전하려 한다. 사실 내가 시작할 때만 해도 숏폼은 틱톡뿐이었다. 하지만 지금은 유튜브, 나아가서 인스타그램까지 숏폼을 지원하고 있다. 틱톡이 잘나가니까 만들어진 서비스라고 볼 수 있는데, 사용 방법도 유사하다.

덕분에 어느덧 많은 이들이 숏폼에 익숙해진 것 같다. 내가 보기에 유튜브 쇼츠와 인스타그램 릴스는 틱톡보다

한 발짝 느리다. 그래서 틱톡에서 먼저 사용하고 반응을 본 후, 쇼츠와 릴스에 활용하면 훨씬 유용할 수 있다!

① 인스타그램 릴스(Reels): 나는 릴스를 늦게 시작했다. 왜냐면 인스타그램 팔로워 가운데 지인이 많은데 사람들이 숏폼에 익숙지 않을 때 내놓기가 조금 어색했다. 하지만 몇 달 전부터 릴스도 운영하기 시작했고, 하나씩 반응을 보고 있다. 초반엔 인스타를 잘 안 해서 팔로워가 60만 명 정도였다. 그런데 릴스를 시작하고 나서 계정 유입이 훨씬 많아지더니 팔로워도 빨리 느는 걸 확인했다. 틱톡에서 유행하던 효과를 가지고 만든 영상을 릴스에도 한 번 올리게 됐는데, 5,000만 조회 수가 나왔다. 그때 나는 중요한 두 가지를 깨달았다.

첫째는 내가 인스타그램 게시글을 올릴 때는 조회 수가 100만 대였다는 것이다. 그런데 릴스는 수천만까지 나오는 것을 보고 유입률을 높일 수 있는 지름길은 릴스에 있다는 것을 알았다. 둘째는 틱톡에서 반응이 좋았던 영상 상당수는 릴스에서도 반응이 좋다는 사실이다. 이렇게 해서 릴스 계정을 키워나갔고, 4개월 만에 50만 팔로워를 추가시켰다. 많은 분이 인스타그램 계정을 키우기 위해 노력하는 것을 알고 있다. 나는 게시글의 노출률을 높이는 방법은 잘 모른다. 하지만 하나 확신할 수 있는 건 릴스를 활용하면 팔로워 유입률이 배가 되어서 계정 성장에 큰 효과를 가질 수 있다는 것이다.

② 유튜브 쇼츠(Shorts): 사실상 수익이 직접적으로 나는 대표적인 플랫폼은 유튜브다. 기본적으로 쇼츠의 수익은 거의 없다. 하지만 최근에 '유튜브 쇼츠 펀드'라는 기능이 도입되면서 월 100달러부터 1,000달러까지 지급되게 됐다. 여기에는 보편적인 구독자 1,000명, 시청 시간 4,000시간의 기준이 없다(그 외 자세한 사용 요건은 검색해보면 더 자세히 나온다). 덕분에 실제로 많은 틱톡커가 틱톡 영상을 쇼츠로 올리는 것만으로 좋은 반응과 구독자 증가를 경험하고 있다. 유튜브라는 또 다른 플랫폼에서 인지도를 얻는 방식이 될 수 있다.

가령 내가 정말 좋아하는 '빵먹다살찐떡'님이 있다. 틱톡으로 출발해서 유튜브 쇼츠에까지 가장 좋은 반응을 얻은 대표적인 예라 할 수 있다. 나의 경우, 흥미로운 사실은 팬분들께서 자신의 계정에 내 영상을 많이 올리고 있다는 점이다. 쇼츠뿐 아니라 유튜브 피드에도 모음집으로 많이 올리는데, 그때마다 조회 수가 많게는 수천만까지 나오곤 한다.

그런데 내 채널이 아니라서 수익을 뺏긴다고 생각할 수 있지만, 그렇지 않다. 유튜브에서는 저작권을 보호하는 시스템이 있고, 그런 걸 전문적으로 잘 관리해주는 기업이 있다. 여러 기업이 있는데, 나는 '콜랩아시아(Collab ASIA)'와 계약이 되어있다. 그래서 그런 영상들의 수익은 전부 나에게 돌아온다. 즉 다른 사람이 영상을 올려도 수익은 원래 저작권자인 나에게 온다는 것이다. 당연하게도 기업과 수익 배분은 있지만, 내 저작권 보호 수익으로만 월 3만 3,000달러(약 4,000만 원) 수준이 나오고 있다. 이것이 내가 다른 것을 한 게 아닌 오로지 틱톡 영상만 만들었을 뿐인데 나온 수익금이다.

한 가지 팁을 드리자면 쇼츠도 쇼츠대로 하면서, 모음집 영상을 만들어보는 걸 추천한다. 그러면 거기에서 또 유의미한 수치가 나올 수 있고, 직접적으로 수익도 나오니 '1석 2조'의 효과를 얻을 수 있다.

③ 도우인과 빌리빌리: 독자님들에게 생소할 수 있다. '도우인'과 '빌리빌리'는 중국의 틱톡, 유튜브라 할 수 있는데, 이 플랫폼들에는 약간의 진입장벽이 존재한다. 왜냐면 중국 자국민 중심의 플랫폼인 데다가 중국에서도 거부감 없이 즐길 수 있는 콘텐츠를 만들어야 하기 때문에 그에 맞는 크리에이터에 한해 회사를 통해 제의가 들어오기 때문이다. 여러 회사가 있지만 나는 '콜랩코리아(Collab Korea)'와 계약이 되어 얼마 전에 해당 플랫폼에 진출했다. 아직은 어떻게 정산이 나오는지 모르겠으나, 이런 식으로 또 다른 플랫폼에 틱톡 영상만 가지고 진출할 수 있다는 사실을 알아두면 좋을 듯하다.

이렇듯 나는 틱톡 영상만 가지고도 현재 페이스북까지 합쳐서 6개 플랫폼에 진출해 있다. 정말 신기한 일이다. 내가 순수하게 집중해서 활동하는 플랫폼은 틱톡밖에 없는데, 6개 플랫폼에서 활동하는 결과를 얻은 것이다. 각 플랫폼을 사용하는 유저들에게 노출되고 인지도가 쌓이면서, 다각도로 브랜딩 되는 몇 배의 효과를 얻게 됐다. 그러

면서 각 플랫폼에 따라 광고가 들어오고 있다. 이런 방식으로 독자님도 수익을 계속해서 창출할 수 있다. 숏폼이 강세이고, 앞으로도 지속될 상황이므로 가장 큰 숏폼 플랫폼인 틱톡에서 영상을 만들어 다양한 방식으로 활용한다면 나처럼 유의미한 결과들을 도출할 수 있을 것이다.

나의 15초

초판 1쇄 인쇄 2022년 12월 9일
초판 1쇄 발행 2023년 1월 2일

지은이 | 서원정(원정맨)
펴낸이 | 권기대
펴낸곳 | ㈜베가북스

주소 | (07261) 서울특별시 영등포구 양산로17길 12, 후민타워 6~7층
대표전화 | 02)322-7241 팩스 | 02)322-7242
출판등록 | 2021년 6월 18일 제2021-000108호
홈페이지 | www.vegabooks.co.kr **이메일** | info@vegabooks.co.kr
ISBN 979-11-92488-16-5 (03810)